COLLECTION POÉSIE

FRANCIS PONGE

Le parti pris
des choses

PRÉCÉDÉ DE
Douze petits écrits

ET SUIVI DE
Proêmes

GALLIMARD

Douze petits écrits

A J. P.

Excusez cette apparence de défaut dans nos rapports. Je ne saurai jamais m'expliquer.

Vous est-il impossible de me considérer à chaque rencontre comme un bouffon? Je ris maintenant d'en parler d'une façon si sérieuse, cher Horatio! Tant pis! Quelconque de ma part la parole me garde mieux que le silence. Ma tête de mort paraîtra dupe de son expression. Cela n'arrivait pas à Yorick quand il parlait.

II

Forcé souvent de fuir par la parole, que j'aie pu seulement quelquefois retourné d'un coup de style le défigurer un peu ce beau langage, pour bref qu'il renomme Ponge selon Paulhan.

TROIS POÉSIES

Pour la ruée écrasante
De mille bêtes hagardes
Le soleil n'éclaire plus
Qu'un monument de raisons.

Pourront-ils, mal venus
De leur sale quartier,
La mère, le soldat,
Et la petite en rose,

Pourront-ils, pourront-ils
Passer? Ivre, bondis,
Et tire, tire, tue,
Tire sur les autos!

Quel artificier
Tu meurs! Fauve César!

Bigarre le parterre
Aux jeux avariés!

Brandis ta rage courte
En torche! Rugis rouge [1]!

Et roule mort, gorgé
D'empire et de nuées!

1. Var. : Hurle, cruel!

Ces vieux toits
quatre fois
résignés

Ce hameau
sans fenêtre
sous les feuilles

C'est ton cœur
quatre fois
racorni

ta sagesse
hermétique
ô tortue!

QUATRE SATIRES

« Sans aucun souci du lendemain, dans un bureau clair et moderne, je passe mes jours.

Je gagne la vie de mon enfant qui grandit et grossit d'une façon convenable, non loin de Paris, avec quelques autres jolis bébés, dans une villa qu'on voit du chemin de fer.

La mère ayant repris son travail un mois après l'événement, la fatalité s'en est mise : malade encore, aspirant au repos, elle est partie avec cet Américain dont la concierge faisait peu de cas.

Que faire à cela? Hélas!

Je gagne la vie de mon enfant, et je gagne ma vie, paisiblement. Je peux aller, vers le milieu de la journée ensoleillée, manger; et manger encore le soir quand l'activité de la ville, après une période d'intensité considérable, décroît et meurt avec la lumière.

Je peux aussi me coucher, je peux rentrer me coucher dans une chambre modeste, il est vrai, mais située au bon air, dans la plus grande rue d'un quartier populaire, que j'aime, où vivent quelques amis.

Je gagne ma vie paisiblement, sans peine, en faisant un travail régulier et facile pour lequel je ne risque pas du tout d'être ennuyé gravement.

Tout a été soigneusement nettoyé et mis en place

lorsque j'arrive; quand je ferme la porte et m'en vais, saluant mes chefs, aucun souci ne sort avec moi.

Ainsi je gagne ma vie qui s'écoule avec assez de lenteur et d'aisance, et que je goûte beaucoup, à sa valeur. »

« Cependant le soir, libre de mon temps, je prends conscience d'être un homme pensant : je lis et je réfléchis, réservant une demi-heure à cet effet avant de dormir.

Dans ce moment, une amertume coutumière m'envahit et je me prends à songer que vraiment je suis un être humain supérieur à sa fonction sociale. Mais je dis alors une sorte de prière où je remercie la Providence de m'avoir fait petit et irresponsable dans un si mauvais ordre de choses.

Si la colère m'anime je me calme aussitôt, songeant à cette fortune d'être placé, par mes intérêts comme par mes sentiments, dans la classe qui possède la servitude et l'innocence.

Esclave, je me sens plus libre qu'un maître chargé de soins et de mauvaise conscience.

Je rêve quelquefois au monde meilleur que mon enthousiasme refroidi me représente plus rarement depuis quelques années. Mais bientôt je sens que je vais dormir.

Et je tourne encore mon esprit vers mon enfant qui me lie à l'ordre social, et dont l'existence aggrave ma condition de serf. Je pense aussi à cette femme... Alors ma respiration devient tout à fait régulière car la tranquillité m'apparaît comme le seul bien souhaitable, dans un monde trop méchant encore pour être capable de se libérer, d'après ce que disent les journaux. »

II. LE COMPLIMENT A L'INDUSTRIEL

Sire, votre cerveau peut paraître pauvre, meublé
de tables plates, de lumières coniques tirant sur
des fils verticaux, de musiques à cribler l'esprit commercial,
mais votre voiture, autour de la terre, promène visi-
blement Paris, comme un gilet convexe, barré d'un
fleuve de platine, où pend la tour Eiffel avec d'autres
breloques célèbres, et lorsque, revenant de vos usines,
déposées au creux des campagnes comme autant de
merdes puantes,
vous soulevez une tapisserie et pénétrez dans vos
salons,
plusieurs femmes viennent à vous, vêtues de soie,
comme des mouches vertes.

A Ch. Falk.

Des camions grossiers ébranlent la vitre sale du petit jour.

Mal assis, Fabre, à l'estaminet, bouge sous la table des souliers crottés la veille. L'acier de son couteau, attaqué par la pomme de terre bouillie, il le frotte avec un morceau de pain, qu'il mange ensuite. Il boit un vin dont la saveur affreuse hérisse les papilles de la bouche, puis le paye au patron qui a trinqué.

A sept heures ce quartier a l'air d'une cour de service. Il pleut.

Fabre pense à son wagonnet qui a passé la nuit dehors, renversé près d'un tas de sable, et qu'il relèvera brutalement, grinçant, décoloré, dans le brouillard, pour d'autres charges.

Lui est encore là, à l'abri, avec, dans une poche de sa vareuse, un carnet, un gros crayon, et le papier de la caisse des retraites.

IV. LE MARTYRE DU JOUR
OU « CONTRE L'ÉVIDENCE PROCHAINE »

Considération, baie des nuits, pure vitre d'une ennuyeuse entrelueur à l'aube embue, le volet bleu fermé d'un coup il fait jour à l'intérieur.

*

Aussitôt sur Oscar l'incisif outil du soleil brille. Il divise ses cils. Dès l'œil ouvert, à bas du songe coursier, Oscar est mis debout sur le plan de la mer. Et son corps culbuteur toujours contre l'attrait du sol efforce ses muscles : animaux, d'une vaine chaleur mécanique, vaincus. Terre à terre tout saute et grouille autour de lui. Pour se dépêcher, il faut multiplier les regards et faire attention tout près.

*

Dans une anthologie romantique, Julie, la peau dorée, les cuisses aérées sous une robe légère, lisait. Il la bouscule devant un bazar. On y voit des tapis étalés comme des campagnes, et des bronzes dessus comme des rochers. Des coffrets ouvrés ressemblent à des villes.

De l'or des genêts, du violet des bruyères une carpette est brochée. « C'est trop, dit Oscar, et pas cher dans le Catalogue moderne. »

★

On torréfie du café par là, le toit d'en face est rouge, un jet de vapeur siffle. Oscar est tout à fait accaparé. Réduit, stérilisé, il s'agite sur une chaise de fer. Un éblouissement confond le ciel et la rue. Derrière une grille de lumière, on voit sur les murs bleus des nuages affichés.

★

Mais enfin les ombres autour des architectures tournent, tout court se tasser dans le fond pour le drame des perspectives car une majesté puissamment avenue étouffe la lampe tyrannique. Tandis que Julie doit fermer son livre, Oscar, prunelles élargies, les étalages rentrés, voit se rétrécir vite l'intérêt du soleil.

TROIS APOLOGUES

I. LE SÉRIEUX DÉFAIT

A Charlie Chaplin.

« Mesdames et messieurs, l'éclairage est oblique. Si quelqu'un fait des gestes derrière moi qu'on m'avertisse. Je ne suis pas un bouffon.

Mesdames et messieurs : la face des mouches est sérieuse. Cet animal marche et vole à son affaire avec précipitation. Mais il change brusquement ses buts, la suite de son manège est imprévue : on dit que cet insecte est dupe du hasard. Il ne se laisse pas approcher : mais au contraire il vient, et vous touche souvent où il veut; ou bien, de moins près, il vous pose la face seule qu'il veut. Chasssé, il fuit, mais revient mille instants par mille voies se reposer au chasseur. On rit à l'aise. On dit que c'est comique.

En réfléchissant, on peut dire encore que les hommes regardent voler les mouches.

Ah! mesdames et messieurs, mon haleine n'incommode-t-elle pas ceux du premier rang? Était-ce bien ce soir que je devais parler? Assez, n'est-ce pas? vous n'en supporteriez pas davantage. »

Un certain nombre d'êtres organisés, sensiblement différents des espèces communes, se prétendaient animés de sang bleu.

Pour avoir le cœur net de cette étrangeté, on installa une nouvelle machine publique. Tout y fut mis en question devant une foule de témoins, et chaque fois le couteau rougit au lieu du secret de la corde.

Ainsi, rien de grave : ce sang bleu n'était qu'une façon de parler, et les mœurs seulement s'y étaient compromises.

D'ailleurs les espèces ne se différencient pas si vite que cela; on le rappelle de temps en temps, depuis Darwin, dans les classes supérieures.

III. SUR UN SUJET D'ENNUI

De Grandes Choses ont eu lieu entre les gens ces temps derniers, quand la plupart se voyait uniforme.

Il s'est formé des tas de corps lourds à traîner, des tas d'expressions, de choses à dire.

Et il faut bien pourtant les déplacer, en faire des arrangements: il faut soigner publiquement leurs traces.

Pauvre lecteur, parfois j'en suis maussade! Leurs maladies honteuses, à la bonne heure, ne nous gênent plus beaucoup.

Le parti pris des choses

PLUIE

La pluie, dans la cour où je la regarde tomber, descend à des allures très diverses. Au centre c'est un fin rideau (ou réseau) discontinu, une chute implacable mais relativement lente de gouttes probablement assez légères, une précipitation sempiternelle sans vigueur, une fraction intense du météore pur. A peu de distance des murs de droite et de gauche tombent avec plus de bruit des gouttes plus lourdes, individuées. Ici elles semblent de la grosseur d'un grain de blé, là d'un pois, ailleurs presque d'une bille. Sur des tringles, sur les accoudoirs de la fenêtre la pluie court horizontalement tandis que sur la face inférieure des mêmes obstacles elle se suspend en berlingots convexes. Selon la surface entière d'un petit toit de zinc que le regard surplombe elle ruisselle en nappe très mince, moirée à cause de courants très variés par les imperceptibles ondulations et bosses de la couverture. De la gouttière attenante où elle coule avec la contention d'un ruisseau creux sans grande pente, elle choit tout à coup en un filet parfaitement vertical, assez grossièrement tressé, jusqu'au sol où elle se brise et rejaillit en aiguillettes brillantes.

31

Chacune de ses formes a une allure particulière; il y répond un bruit particulier. Le tout vit avec intensité comme un mécanisme compliqué, aussi précis que hasardeux, comme une horlogerie dont le ressort est la pesanteur d'une masse donnée de vapeur en précipitation.

La sonnerie au sol des filets verticaux, le glou-glou des gouttières, les minuscules coups de gong se multiplient et résonnent à la fois en un concert sans monotonie, non sans délicatesse.

Lorsque le ressort s'est détendu, certains rouages quelque temps continuent à fonctionner, de plus en plus ralentis, puis toute la machinerie s'arrête. Alors si le soleil reparaît tout s'efface bientôt, le brillant appareil s'évapore : il a plu.

LA FIN DE L'AUTOMNE

Tout l'automne à la fin n'est plus qu'une tisane froide. Les feuilles mortes de toutes essences macèrent dans la pluie. Pas de fermentation, de création d'alcool : il faut attendre jusqu'au printemps l'effet d'une application de compresses sur une jambe de bois.

Le dépouillement se fait en désordre. Toutes les portes de la salle de scrutin s'ouvrent et se ferment, claquant violemment. Au panier, au panier! La Nature déchire ses manuscrits, démolit sa bibliothèque, gaule rageusement ses derniers fruits.

Puis elle se lève brusquement de sa table de travail. Sa stature aussitôt paraît immense. Décoiffée, elle a la tête dans la brume. Les bras ballants, elle aspire avec délices le vent glacé qui lui rafraîchit les idées. Les jours sont courts, la nuit tombe vite, le comique perd ses droits.

La terre dans les airs parmi les autres astres reprend son air sérieux. Sa partie éclairée est plus étroite, infiltrée de vallées d'ombre. Ses chaussures, comme celles d'un vagabond, s'imprègnent d'eau et font de la musique.

Dans cette grenouillerie, cette amphibiguïté salubre,

tout reprend forces, saute de pierre en pierre et change de pré. Les ruisseaux se multiplient.

Voilà ce qui s'appelle un beau nettoyage, et qui ne respecte pas les conventions! Habillé comme nu, trempé jusqu'aux os.

Et puis cela dure, ne sèche pas tout de suite. Trois mois de réflexion salutaire dans cet état; sans réaction vasculaire, sans peignoir ni gant de crin. Mais sa forte constitution y résiste.

Aussi, lorsque les petits bourgeons recommencent à pointer, savent-ils ce qu'ils font et de quoi il retourne, — et s'ils se montrent avec précaution, gourds et rougeauds, c'est en connaissance de cause.

Mais là commence une autre histoire, qui dépend peut-être mais n'a pas l'odeur de la règle noire qui va me servir à tirer mon trait sous celle-ci.

PAUVRES PÊCHEURS

A court de haleurs deux chaînes sans cesse tirant l'impasse à eux sur le grau du roi, la marmaille au milieu criait près des paniers :

« Pauvres pêcheurs! »

Voici l'extrait déclaré aux lanternes :

« Demie de poissons éteints par sursauts dans le sable, et trois quarts de retour des crabes vers la mer. »

RHUM DES FOUGÈRES

De sous les fougères et leurs belles fillettes ai-je la perspective du Brésil?

Ni bois pour construction, ni stères d'allumettes : des espèces de feuilles entassées par terre qu'un vieux rhum mouille.

En pousse, des tiges à pulsations brèves, des vierges prodiges sans tuteurs : une vaste saoulerie de palmes ayant perdu tout contrôle qui cachent deux tiers chacune du ciel.

LES MÛRES

Aux buissons typographiques constitués par le poème sur une route qui ne mène hors des choses ni à l'esprit, certains fruits sont formés d'une agglomération de sphères qu'une goutte d'encre remplit.

*

Noirs, roses et kakis ensemble sur la grappe, ils offrent plutôt le spectacle d'une famille rogue à ses âges divers, qu'une tentation très vive à la cueillette.
Vue la disproportion des pépins à la pulpe les oiseaux les apprécient peu, si peu de chose au fond leur reste quand du bec à l'anus ils en sont traversés.

*

Mais le poète au cours de sa promenade professionnelle, en prend de la graine à raison : « Ainsi donc, se dit-il, réussissent en grand nombre les efforts patients d'une fleur très fragile quoique par un rébarbatif enchevêtrement de ronces défendue. Sans beaucoup d'autres qualités, — *mûres*, parfaitement elles sont mûres — comme aussi ce poème est fait. »

LE CAGEOT

A mi-chemin de la cage au cachot la langue fran-
çaise a cageot, simple caissette à claire-voie vouée au
transport de ces fruits qui de la moindre suffocation
font à coup sûr une maladie.

Agencé de façon qu'au terme de son usage il puisse
être brisé sans effort, il ne sert pas deux fois. Ainsi
dure-t-il moins encore que les denrées fondantes ou
nuageuses qu'il enferme.

A tous les coins de rues qui aboutissent aux halles,
il luit alors de l'éclat sans vanité du bois blanc. Tout
neuf encore, et légèrement ahuri d'être dans une pose
maladroite à la voirie jeté sans retour, cet objet est en
somme des plus sympathiques, — sur le sort duquel
il convient toutefois de ne s'appesantir longuement.

LA BOUGIE

La nuit parfois ravive une plante singulière dont la lueur décompose les chambres meublées en massifs d'ombre.

Sa feuille d'or tient impassible au creux d'une colonnette d'albâtre par un pédoncule très noir.

Les papillons miteux l'assaillent de préférence à la lune trop haute, qui vaporise les bois. Mais brûlés aussitôt ou vannés dans la bagarre, tous frémissent aux bords d'une frénésie voisine de la stupeur.

Cependant la bougie, par le vacillement des clartés sur le livre au brusque dégagement des fumées originales encourage le lecteur, — puis s'incline sur son assiette et se noie dans son aliment.

LA CIGARETTE

Rendons d'abord l'atmosphère à la fois brumeuse et sèche, échevelée, où la cigarette est toujours posée de travers depuis que continûment elle la crée.

Puis sa personne : une petite torche beaucoup moins lumineuse que parfumée, d'où se détachent et choient selon un rythme à déterminer un nombre calculable de petites masses de cendres.

Sa passion enfin : ce bouton embrasé, desquamant en pellicules argentées, qu'un manchon immédiat formé des plus récentes entoure.

L'ORANGE

Comme dans l'éponge il y a dans l'orange une aspiration à reprendre contenance après avoir subi l'épreuve de l'expression. Mais où l'éponge réussit toujours, l'orange jamais : car ses cellules ont éclaté, ses tissus se sont déchirés. Tandis que l'écorce seule se rétablit mollement dans sa forme grâce à son élasticité, un liquide d'ambre s'est répandu, accompagné de rafraîchissement, de parfum suaves, certes, — mais souvent aussi de la conscience amère d'une expulsion prématurée de pépins.

Faut-il prendre parti entre ces deux manières de mal supporter l'oppression? — L'éponge n'est que muscle et se remplit de vent, d'eau propre ou d'eau sale selon : cette gymnastique est ignoble. L'orange a meilleur goût, mais elle est trop passive, — et ce sacrifice odorant... c'est faire à l'oppresseur trop bon compte vraiment.

Mais ce n'est pas assez avoir dit de l'orange que d'avoir rappelé sa façon particulière de parfumer l'air et de réjouir son bourreau. Il faut mettre l'accent sur la coloration glorieuse du liquide qui en résulte, et qui, mieux que le jus de citron, oblige le larynx à s'ouvrir largement pour la prononciation du mot comme pour l'ingestion du liquide, sans aucune moue appréhensive de l'avant-bouche dont il ne fait pas se hérisser les papilles.

Et l'on demeure au reste sans paroles pour avouer l'admiration que mérite l'enveloppe du tendre, fragile et rose ballon ovale dans cet épais tampon-buvard humide dont l'épiderme extrêmement mince mais très pigmenté, acerbement sapide, est juste assez rugueux pour accrocher dignement la lumière sur la parfaite forme du fruit.

Mais à la fin d'une trop courte étude, menée aussi rondement que possible, — il faut en venir au pépin. Ce grain, de la forme d'un minuscule citron, offre à l'extérieur la couleur du bois blanc de citronnier, à l'intérieur un vert de pois ou de germe tendre. C'est en lui que se retrouvent, après l'explosion sensationnelle de la lanterne vénitienne de saveurs, couleurs et parfums que constitue le ballon fruité lui-même, — la dureté relative et la verdeur (non d'ailleurs entièrement insipide) du bois, de la branche, de la feuille : somme toute petite quoique avec certitude la raison d'être du fruit.

L'HUÎTRE

L'huître, de la grosseur d'un galet moyen, est d'une apparence plus rugueuse, d'une couleur moins unie, brillamment blanchâtre. C'est un monde opiniâtrement clos. Pourtant on peut l'ouvrir : il faut alors la tenir au creux d'un torchon, se servir d'un couteau ébréché et peu franc, s'y reprendre à plusieurs fois. Les doigts curieux s'y coupent, s'y cassent les ongles : c'est un travail grossier. Les coups qu'on lui porte marquent son enveloppe de ronds blancs, d'une sorte de halos.

A l'intérieur l'on trouve tout un monde, à boire et à manger : sous un *firmament* (à proprement parler) de nacre, les cieux d'en-dessus s'affaissent sur les cieux d'en-dessous, pour ne plus former qu'une mare, un sachet visqueux et verdâtre, qui flue et reflue à l'odeur et à la vue, frangé d'une dentelle noirâtre sur les bords.

Parfois très rare une formule perle à leur gosier de nacre, d'où l'on trouve aussitôt à s'orner.

LES PLAISIRS DE LA PORTE

Les rois ne touchent pas aux portes.

Ils ne connaissent pas ce bonheur : pousser devant soi avec douceur ou rudesse l'un de ces grands panneaux familiers, se retourner vers lui pour le remettre en place, — tenir dans ses bras une porte.

... Le bonheur d'empoigner au ventre par son nœud de porcelaine l'un de ces hauts obstacles d'une pièce; ce corps à corps rapide par lequel un instant la marche retenue, l'œil s'ouvre et le corps tout entier s'accommode à son nouvel appartement.

D'une main amicale il la retient encore, avant de la repousser décidément et s'enclore, — ce dont le déclic du ressort puissant mais bien huilé agréablement l'assure.

LES ARBRES SE DÉFONT
A L'INTÉRIEUR D'UNE SPHÈRE
DE BROUILLARD

Dans le brouillard qui entoure les arbres, les feuilles leur sont dérobées; qui déjà, décontenancées par une lente oxydation, et mortifiées par le retrait de la sève au profit des fleurs et fruits, depuis les grosses chaleurs d'août tenaient moins à eux.

Dans l'écorce des rigoles verticales se creusent par où l'humidité jusqu'au sol est conduite à se désintéresser des parties vives du tronc.

Les fleurs sont dispersées, les fruits sont déposés. Depuis le plus jeune âge, la résignation de leurs qualités vives et de parties de leur corps est devenue pour les arbres un exercice familier.

LE PAIN

La surface du pain est merveilleuse d'abord à cause de cette impression quasi panoramique qu'elle donne : comme si l'on avait à sa disposition sous la main les Alpes, le Taurus ou la Cordillère des Andes.

Ainsi donc une masse amorphe en train d'éructer fut glissée pour nous dans le four stellaire, où durcissant elle s'est façonnée en vallées, crêtes, ondulations, crevasses... Et tous ces plans dès lors si nettement articulés, ces dalles minces où la lumière avec application couche ses feux, — sans un regard pour la mollesse ignoble sous-jacente.

Ce lâche et froid sous-sol que l'on nomme la mie a son tissu pareil à celui des éponges : feuilles ou fleurs y sont comme des sœurs siamoises soudées par tous les coudes à la fois. Lorsque le pain rassit ces fleurs fanent et se rétrécissent : elles se détachent alors les unes des autres, et la masse en devient friable...

Mais brisons-la : car le pain doit être dans notre bouche moins objet de respect que de consommation.

LE FEU

Le feu fait un classement : d'abord toutes les flammes se dirigent en quelque sens...

(L'on ne peut comparer la marche du feu qu'à celle des animaux : il faut qu'il quitte un endroit pour en occuper un autre; il marche à la fois comme une amibe et comme une girafe, bondit du col, rampe du pied)...

Puis, tandis que les masses contaminées avec méthode s'écroulent, les gaz qui s'échappent sont transformés à mesure en une seule rampe de papillons.

LE CYCLE DES SAISONS

Las de s'être contractés tout l'hiver les arbres tout à coup se flattent d'être dupes. Ils ne peuvent plus y tenir : ils lâchent leurs paroles, un flot, un vomissement de vert. Ils tâchent d'aboutir à une feuillaison complète de paroles. Tant pis! Cela s'ordonnera comme cela pourra! Mais, en réalité, cela s'ordonne! Aucune liberté dans la feuillaison... Ils lancent, du moins le croient-ils, n'importe quelles paroles, lancent des tiges pour y suspendre encore des paroles : nos troncs, pensent-ils, sont là pour tout assumer. Ils s'efforcent à se cacher, à se confondre les uns dans les autres. Ils croient pouvoir dire tout, recouvrir entièrement le monde de paroles variées : ils ne disent que « les arbres ». Incapables même de retenir les oiseaux qui repartent d'eux, alors qu'ils se réjouissaient d'avoir produit de si étranges fleurs. Toujours la même feuille, toujours le même mode de dépliement, et la même limite, toujours des feuilles symétriques à elles-mêmes, symétriquement suspendues! Tente encore une feuille! — La même! Encore une autre! La même! Rien en somme ne saurait les arrêter que soudain cette remarque : « L'on ne sort pas des arbres par des moyens d'arbres. » Une nouvelle lassitude, et un nouveau retournement moral. « Laissons tout ça jaunir, et tomber. Vienne le taciturne état, le dépouillement, l'AUTOMNE. »

LE MOLLUSQUE

Le mollusque est un *être – presque une – qualité*. Il n'a pas besoin de charpente mais seulement d'un rempart, quelque chose comme la couleur dans le tube.

La nature renonce ici à la présentation du plasma en forme. Elle montre seulement qu'elle y tient en l'abritant soigneusement, dans un écrin dont la face intérieure est la plus belle.

Ce n'est donc pas un simple crachat, mais une réalité des plus précieuses.

Le mollusque est doué d'une énergie puissante à se renfermer. Ce n'est à vrai dire qu'un muscle, un gond, un blount et sa porte.

Le blount ayant sécrété la porte. Deux portes légèrement concaves constituent sa demeure entière.

Première et dernière demeure. Il y loge jusqu'après sa mort.

Rien à faire pour l'en tirer vivant.

La moindre cellule du corps de l'homme tient ainsi, et avec cette force, à la parole, — et réciproquement.

Mais parfois un autre être vient violer ce tombeau, lorsqu'il est bien fait, et s'y fixer à la place du constructeur défunt.

C'est le cas du pagure.

ESCARGOTS

Au contraire des escarbilles qui sont les hôtes des cendres chaudes, les escargots aiment la terre humide. *Go on*, ils avancent collés à elle de tout leur corps. Ils en emportent, ils en mangent, ils en excrémentent. Elle les traverse. Ils la traversent. C'est une interpénétration du meilleur goût parce que pour ainsi dire ton sur ton — avec un élément passif, un élément actif, le passif baignant à la fois et nourrissant l'actif — qui se déplace en même temps qu'il mange.

(Il y a autre chose à dire des escargots. D'abord leur propre humidité. Leur sang froid. Leur extensibilité.)

A remarquer d'ailleurs que l'on ne conçoit pas un escargot sorti de sa coquille et ne se mouvant pas. Dès qu'il repose, il rentre aussitôt au fond de lui-même. Au contraire sa pudeur l'oblige à se mouvoir dès qu'il montre sa nudité, qu'il livre sa forme vulnérable. Dès qu'il s'expose, il marche.

Pendant les époques sèches ils se retirent dans les fossés où il semble d'ailleurs que la présence de leur corps contribue à maintenir de l'humidité. Sans doute y voisinent-ils avec d'autres sortes de bêtes à sang froid, crapauds, grenouilles. Mais lorsqu'ils en sortent ce n'est pas du même pas. Ils ont plus de mérite à s'y rendre car beaucoup plus de peine à en sortir.

A noter d'ailleurs que s'ils aiment la terre humide, ils n'affectionnent pas les endroits où la proportion devient en faveur de l'eau, comme les marais, ou les étangs. Et certainement ils préfèrent la terre ferme, mais à condition qu'elle soit grasse et humide.

Ils sont friands aussi des légumes et des plantes aux feuilles vertes et chargées d'eau. Ils savent s'en nourrir en laissant seulement les nervures, et découpant le plus tendre. Ils sont par exemple les fléaux des salades.

Que sont-ils au fond des fosses? Des êtres qui les affectionnent pour certaines de leurs qualités, mais qui ont l'intention d'en sortir. Ils en sont un élément constitutif mais vagabond. Et d'ailleurs là aussi bien qu'au plein jour des allées fermes leur coquille préserve leur quant-à-soi.

Certainement c'est parfois une gêne d'emporter partout avec soi cette coquille mais ils ne s'en plaignent pas et finalement ils en sont bien contents. Il est précieux, où que l'on se trouve, de pouvoir rentrer chez soi et défier les importuns. Cela valait bien la peine.

Ils bavent d'orgueil de cette faculté, de cette commodité. Comment se peut-il que je sois un être si sensible et si vulnérable, et à la fois si à l'abri des assauts des importuns, si possédant son bonheur et sa tranquillité. D'où ce merveilleux port de tête.

A la fois si collé au sol, si touchant et si lent, si progressif et si capable de me décoller du sol pour rentrer en moi-même et alors après moi le déluge, un coup de pied peut me faire rouler n'importe où. Je suis bien sûr de me rétablir sur pied et de recoller au sol où le sort m'aura relégué et d'y trouver ma pâture : la terre, le plus commun des aliments.

Quel bonheur, quelle joie donc d'être un escargot. Mais cette bave d'orgueil ils en imposent la marque à tout ce qu'ils touchent. Un sillage argenté les suit. Et peut-être les signale au bec des volatiles qui en sont friands. Voilà le hic, la question, être ou ne pas être (des vaniteux), le danger.

Seul, évidemment l'escargot est bien seul. Il n'a pas beaucoup d'amis. Mais il n'en a pas besoin pour son bonheur. Il colle si bien à la nature, il en jouit si parfaitement de si près, il est l'ami du sol qu'il baise de tout son corps, et des feuilles, et du ciel vers quoi il lève si fièrement la tête, avec ses globes d'yeux si sensibles; noblesse, lenteur, sagesse, orgueil, vanité, fierté.

Et ne disons pas qu'il ressemble en ceci au pourceau. Non il n'a pas ces petits pieds mesquins, ce trottinement inquiet. Cette nécessité, cette honte de fuir tout d'une pièce. Plus de résistance, et plus de stoïcisme. Plus de méthode, plus de fierté et sans doute moins de goinfrerie, — moins de caprice; laissant cette nourriture pour se jeter sur une autre, moins d'affolement et de précipitation dans la goinfrerie, moins de peur de laisser perdre quelque chose.

Rien n'est beau comme cette façon d'avancer si lente et si sûre et si discrète, au prix de quels efforts ce glissement parfait dont ils honorent la terre! Tout comme un long navire, au sillage argenté. Cette façon de procéder est majestueuse, surtout si l'on tient compte encore une fois de cette vulnérabilité, de ces globes d'yeux si sensibles.

La colère des escargots est-elle perceptible? Y en a-t-il des exemples? Comme elle est sans aucun geste, sans doute se manifeste-t-elle seulement par une sécrétion de bave plus floculente et plus rapide. Cette bave d'orgueil. L'on voit ici que l'expression de leur colère est la même que celle de leur orgueil. Ainsi se rassurent-ils et en imposent-ils au monde d'une façon plus riche, argentée.

L'expression de leur colère, comme de leur orgueil, devient brillante en séchant. Mais aussi elle constitue leur trace et les désigne au ravisseur (au prédateur). De plus elle est éphémère et ne dure que jusqu'à la prochaine pluie.

Ainsi en est-il de tous ceux qui s'expriment d'une façon entièrement subjective sans repentir, et par traces seulement, sans souci de construire et de former leur expression comme une demeure solide, à plusieurs dimensions. Plus durable qu'eux-mêmes.

Mais sans doute eux, n'éprouvent-ils pas ce besoin. Ce sont plutôt des héros, c'est-à-dire des êtres dont l'existence même est œuvre d'art, — que des artistes, c'est-à-dire des fabricants d'œuvres d'art.

Mais c'est ici que je touche à l'un des points principaux de leur leçon, qui d'ailleurs ne leur est pas particulière mais qu'ils possèdent en commun avec tous les êtres à coquilles : cette coquille, partie de leur être, est en même temps œuvre d'art, monument. Elle, demeure plus longtemps qu'eux.

Et voilà l'exemple qu'ils nous donnent. Saints, ils font œuvre d'art de leur vie, — œuvre d'art de leur perfectionnement. Leur sécrétion même se produit de telle manière qu'elle se met en forme. Rien d'extérieur à eux, à leur nécessité, à leur besoin n'est leur œuvre. Rien de disproportionné — d'autre part · – à leur être physique. Rien qui ne lui soit nécessaire, obligatoire.

Ainsi tracent-ils aux hommes leur devoir. Les grandes

pensees viennent du cœur. Perfectionne-toi moralement et tu feras de beaux vers. La morale et la rhétorique se rejoignent dans l'ambition et le désir du sage.

Mais saints en quoi : en obéissant précisément à leur nature. Connais-toi donc d'abord toi-même. Et accepte-toi tel que tu es. En accord avec tes vices. En proportion avec ta mesure.

Mais quelle est la notion propre de l'homme : la parole et la morale. L'humanisme.

Paris, 21 mars 1936.

LE PAPILLON

Lorsque le sucre élaboré dans les tiges surgit au fond des fleurs, comme des tasses mal lavées, — un grand effort se produit par terre d'où les papillons tout à coup prennent leur vol.

Mais comme chaque chenille eut la tête aveuglée et laissée noire, et le torse amaigri par la véritable explosion d'où les ailes symétriques flambèrent,

Dès lors le papillon erratique ne se pose plus qu'au hasard de sa course, ou tout comme.

Allumette volante, sa flamme n'est pas contagieuse. Et d'ailleurs, il arrive trop tard et ne peut que constater les fleurs écloses. N'importe : se conduisant en lampiste, il vérifie la provision d'huile de chacune. Il pose au sommet des fleurs la guenille atrophiée qu'il emporte et venge ainsi sa longue humiliation amorphe de chenille au pied des tiges.

Minuscule voilier des airs maltraité par le vent en pétale superfétatoire, il vagabonde au jardin.

LA MOUSSE

Les patrouilles de la végétation s'arrêtèrent jadis sur la stupéfaction des rocs. Mille bâtonnets du velours de soie s'assirent alors en tailleur.

Dès lors, depuis l'apparente crispation de la mousse à même le roc avec ses licteurs, tout au monde pris dans un embarras inextricable et bouclé là-dessous, s'affole, trépigne, étouffe.

Bien plus, les poils ont poussé; avec le temps tout s'est encore assombri.

O préoccupations à poils de plus en plus longs! Les profonds tapis, en prière lorsqu'on s'assoit dessus, se relèvent aujourd'hui avec des aspirations confuses. Ainsi ont lieu non seulement des étouffements mais des noyades.

Or, scalper tout simplement du vieux roc austère et solide ces terrains de tissu-éponge, ces paillassons humides, à saturation devient possible.

BORDS DE MER

La mer jusqu'à l'approche de ses limites est une chose simple qui se répète flot par flot. Mais les choses les plus simples dans la nature ne s'abordent pas sans y mettre beaucoup de formes, faire beaucoup de façons, les choses les plus épaisses sans subir quelque amenuisement. C'est pourquoi l'homme, et par rancune aussi contre leur immensité qui l'assomme, se précipite aux bords ou à l'intersection des grandes choses pour les définir. Car la raison au sein de l'uniforme dangereusement ballotte et se raréfie : un esprit en mal de notions doit d'abord s'approvisionner d'apparences.

Tandis que l'air même tracassé soit par les variations de sa température ou par un tragique besoin d'influence et d'informations par lui-même sur chaque chose ne feuillette pourtant et corne que superficiellement le volumineux tome marin, l'autre élément plus stable qui nous supporte y plonge obliquement jusqu'à leur garde rocheuse de larges couteaux terreux qui séjournent dans l'épaisseur. Parfois à la rencontre d'un muscle énergique une lame ressort peu à peu : c'est ce qu'on appelle une plage.

Dépaysée à l'air libre, mais repoussée par les profondeurs quoique jusqu'à un certain point familiarisée avec elles, cette portion de l'étendue s'allonge entre les deux plus ou moins fauve et stérile, et ne supporte ordinairement qu'un trésor de débris inlassablement polis et ramassés par le destructeur.

Un concert élémentaire, par sa discrétion plus délicieux et sujet à réflexion, est accordé là depuis l'éternité pour personne : depuis sa formation par l'opération sur une platitude sans bornes de l'esprit d'insistance qui souffle parfois des cieux, le flot venu de loin sans heurts et sans reproche enfin pour la première fois trouve à qui parler. Mais une seule et brève parole est confiée aux cailloux et aux coquillages, qui s'en montrent assez remués, et il expire en la proférant; et tous ceux qui le suivent expireront aussi en proférant la pareille, parfois par temps à peine un peu plus fort clamée. Chacun par-dessus l'autre parvenu à l'orchestre se hausse un peu le col, se découvre, et se nomme à qui il fut adressé. Mille homonymes seigneurs ainsi sont admis le même jour à la présentation par la mer prolixe et prolifique en offres labiales à chacun de ses bords.

Aussi bien sur votre forum, ô galets, n'est-ce pas, pour une harangue grossière, quelque paysan du Danube qui vient se faire entendre : mais le Danube lui-même, mêlé à tous les autres fleuves du monde après avoir perdu leur sens et leur prétention, et profondément réservés dans une désillusion amère seulement au goût de qui aurait à conscience d'en apprécier par absorption la qualité la plus secrète, la saveur.

C'est en effet, après l'anarchie des fleuves, à leur relâchement dans le profond et copieusement habité lieu commun de la matière liquide, que l'on a donné le nom de mer. Voilà pourquoi à ses propres bords celle-ci semblera toujours absente : profitant de l'éloignement réciproque qui leur interdit de communiquer entre eux sinon à travers elle ou par de grands détours, elle laisse sans doute croire à chacun d'eux qu'elle se dirige spécialement vers lui. En réalité, polie avec tout le monde, et plus que polie : capable pour chacun d'eux de tous les emportements, de toutes les convictions successives, elle garde au fond de sa cuvette à demeure son infinie possession de courants. Elle ne sort jamais de ses bornes qu'un peu, met *elle-même* un frein à la fureur de ses flots, et comme la méduse qu'elle abandonne aux pêcheurs pour image réduite ou échantillon d'elle-même, fait seulement une révérence extatique par tous ses bords.

Ainsi en est-il de l'antique robe de Neptune, cet amoncellement pseudo-organique de voiles sur les trois quarts du monde uniment répandus. Ni par l'aveugle poignard des roches, ni par la plus creusante tempête tournant des paquets de feuilles à la fois, ni par l'œil attentif de l'homme employé avec peine et d'ailleurs sans contrôle dans un milieu interdit aux orifices débouchés des autres sens et qu'un bras plongé pour saisir trouble plus encore, ce livre au fond n'a été lu.

DE L'EAU

Plus bas que moi, toujours plus bas que moi se trouve l'eau. C'est toujours les yeux baissés que je la regarde. Comme le sol, comme une partie du sol, comme une modification du sol.

Elle est blanche et brillante, informe et fraîche, passive et obstinée dans son seul vice : la pesanteur; disposant de moyens exceptionnels pour satisfaire ce vice : contournant, transperçant, érodant, filtrant.

A l'intérieur d'elle-même ce vice aussi joue : elle s'effondre sans cesse, renonce à chaque instant à toute forme, ne tend qu'à s'humilier, se couche à plat ventre sur le sol, quasi cadavre, comme les moines de certains ordres. Toujours plus bas : telle semble être sa devise : le contraire d'excelsior.

*

On pourrait presque dire que l'eau est folle, à cause de cet hystérique besoin de n'obéir qu'à sa pesanteur, qui la possède comme une idée fixe.

Certes, tout au monde connaît ce besoin, qui toujours et en tous lieux doit être satisfait. Cette armoire, par exemple, se montre fort têtue dans son désir d'adhérer au sol, et si elle se trouve un jour en équilibre instable, elle préférera s'abîmer plutôt que d'y contrevenir. Mais enfin, dans une certaine mesure, elle joue avec la pesanteur, elle la défie : elle ne s'effondre pas dans toutes ses parties, sa corniche, ses moulures ne s'y conforment pas. Il existe en elle une résistance au profit de sa personnalité et de sa forme.

LIQUIDE est par définition ce qui préfère obéir à la pesanteur, plutôt que maintenir sa forme, ce qui refuse toute forme pour obéir à sa pesanteur. Et qui perd toute tenue à cause de cette idée fixe, de ce scrupule maladif. De ce vice, qui le rend rapide, précipité ou stagnant; amorphe ou féroce, amorphe *et* féroce, féroce térébrant, par exemple; rusé, filtrant, contournant; si bien que l'on peut faire de lui ce que l'on veut, et conduire l'eau dans des tuyaux pour la faire ensuite jaillir verticalement afin de jouir enfin de sa façon de s'abîmer en pluie : une véritable esclave.

... Cependant le soleil et la lune sont jaloux de cette influence exclusive, et ils essayent de s'exercer sur elle lorsqu'elle se trouve offrir la prise de grandes étendues, surtout si elle y est en état de moindre résistance, dispersée en flaques minces. Le soleil alors prélève un plus grand tribut. Il la force à un cyclisme perpétuel, il la traite comme un écureuil dans sa roue.

*

L'eau m'échappe... me file entre les doigts. Et encore! Ce n'est même pas si net (qu'un lézard ou une grenouille) : il m'en reste aux mains des traces, des taches, relativement longues à sécher ou qu'il faut essuyer.

Elle m'échappe et cependant me marque, sans que j'y puisse grand-chose.

Idéologiquement c'est la même chose : elle m'échappe, échappe à toute définition, mais laisse dans mon esprit et sur ce papier des traces, des taches informes.

*

Inquiétude de l'eau : sensible au moindre changement de la déclivité. Sautant les escaliers les deux pieds à la fois. Joueuse, puérile d'obéissance, revenant tout de suite lorsqu'on la rappelle en changeant la pente de ce côté-ci.

LE MORCEAU DE VIANDE

Chaque morceau de viande est une sorte d'usine, moulins et pressoirs à sang.

Tubulures, hauts fourneaux, cuves y voisinent avec les marteaux-pilons, les coussins de graisse.

La vapeur y jaillit, bouillante. Des feux sombres ou clairs rougeoient.

Des ruisseaux à ciel ouvert charrient des scories avec le fiel.

Et tout cela refroidit lentement à la nuit, à la mort.

Aussitôt, sinon la rouille, du moins d'autres réactions chimiques se produisent, qui dégagent des odeurs pestilentielles.

LE GYMNASTE

Comme son G l'indique le gymnaste porte le bouc et
la moustache que rejoint presque une grosse mèche en
accroche-cœur sur un front bas.

Moulé dans un maillot qui fait deux plis sur l'aine il
porte aussi, comme son Y, la queue à gauche.

Tous les cœurs il dévaste mais se doit d'être chaste et
son juron est BASTE!

Plus rose que nature et moins adroit qu'un singe il
bondit aux agrès saisi d'un zèle pur. Puis du chef de son
corps pris dans la corde à nœuds il interroge l'air
comme un ver de sa motte.

Pour finir il choit parfois des cintres comme une chenille, mais rebondit sur pieds, et c'est alors le parangon
adulé de la bêtise humaine qui vous salue.

LA JEUNE MÈRE

Quelques jours après les couches la beauté de la femme se transforme.

Le visage souvent penché sur la poitrine s'allonge un peu. Les yeux attentivement baissés sur un objet proche, s'ils se relèvent parfois paraissent un peu égarés. Ils montrent un regard empli de confiance, mais en sollicitant la continuité. Les bras et les mains s'incurvent et se renforcent. Les jambes qui ont beaucoup maigri et se sont affaiblies sont volontiers assises, les genoux très remontés. Le ventre ballonné, livide, encore très sensible; le bas-ventre s'accommode du repos, de la nuit des draps.

... Mais bientôt sur pieds, tout ce grand corps évolue à l'étroit parmi le pavois utile à toutes hauteurs des carrés blancs du linge, que parfois de sa main libre il saisit, froisse, tâte avec sagacité, pour les retendre ou les plier ensuite selon les résultats de cet examen.

R. C. SEINE Nᵒ

C'est par un escalier de bois jamais ciré depuis
trente ans, dans la poussière des mégots jetés à la porte,
au milieu d'un peloton de petits employés à la fois mesquins et sauvages, en chapeau melon, leur valise à soupe
à la main, que deux fois par jour commence notre
asphyxie.

Un jour réticent règne à l'intérieur de ce colimaçon
délabré, où flotte en suspension la râpure du bois beige.
Au bruit des souliers hissés par la fatigue d'une marche
à l'autre, selon un axe crasseux, nous approchons à une
allure de grains de café de l'engrenage broyeur.

Chacun croit qu'il se meut à l'état libre, parce qu'une
oppression extrêmement simple l'oblige, qui ne diffère
pas beaucoup de la pesanteur : du fond des cieux la
main de la misère tourne le moulin.

*

L'issue, à la vérité, n'est pas pour notre forme si
dangereuse. Cette porte qu'il faut passer n'a qu'un seul
gong de chair de la grandeur d'un homme, le surveil-
lant qui l'obstrue à moitié : plutôt que d'un engrenage,

il s'agit ici d'un sphincter. Chacun en est aussitôt expulsé, honteusement sain et sauf, fort déprimé pourtant, par des boyaux lubrifiés à la cire, au fly-tox, à la lumière électrique. Brusquement séparés par de longs intervalles, l'on se trouve alors, dans une atmosphère entêtante d'hôpital à durée de cure indéfinie pour l'entretien des bourses plates, filant à toute vitesse à travers une sorte de monastère-patinoire dont les nombreux canaux se coupent à angles droits, — où l'uniforme est le veston râpé.

*

Bientôt après, dans chaque service, avec un bruit terrible, les armoires à rideaux de fer s'ouvrent, — d'où les dossiers, comme d'affreux oiseaux-fossiles familiers, dénichés de leurs strates, descendent lourdement se poser sur les tables où ils s'ébrouent. Une étude macabre commence. O analphabétisme commercial, au bruit des machines sacrées c'est alors la longue, la sempiternelle célébration de ton culte qu'il faut servir.

Tout s'inscrit à mesure sur des imprimés à plusieurs doubles, où la parole reproduite en mauves de plus en plus pâles finirait sans doute par se dissoudre dans le dédain et l'ennui même du papier, n'étaient les échéanciers, ces forteresses de carton bleu très solide, troués au centre d'une lucarne ronde afin qu'aucune feuille insérée ne s'y dissimule dans l'oubli.

Deux ou trois fois par jour, au milieu de ce culte, le courrier multicolore, radieux et bête comme un oiseau des îles, tout frais émoulu des enveloppes marquées de noir par le baiser de la poste, vient tout de go se poser devant moi.

Chaque feuille étrangère est alors adoptée, confiée à une petite colombe de chez nous, qui la guide à des destinations successives jusqu'à son classement.

Certains bijoux servent à ces attelages momentanés : coins dorés, attaches parisiennes, trombones attendent dans des sébiles leur utilisation.

*

Peu à peu cependant, tandis que l'heure tourne, le flot monte dans les corbeilles à papier. Lorsqu'il va déborder, il est midi : une sonnerie stridente invite à disparaître instantanément de ces lieux. Reconnaissons que personne ne se le fait dire deux fois. Une course éperdue se dispute dans les escaliers, où les deux sexes autorisés à se confondre dans la fuite alors qu'ils ne l'étaient pas pour l'entrée, se choquent et se bousculent à qui mieux mieux.

C'est alors que les chefs de service prennent vraiment conscience de leur supériorité : « Turba ruit ou ruunt »; eux, à une allure de prêtres, laissant passer le galop des moines et moinillons de tous ordres, visitent lentement leur domaine, entouré par privilège de vitrages dépolis, dans un décor où les vertus embaumantes sont la morgue, le mauvais goût et la délation, — et parvenant à leur vestiaire, où il n'est pas rare que se trouvent des gants, une canne, une écharpe de soie, ils se défroquent tout à coup de leur grimace caractéristique et se transforment en véritables hommes du monde.

LE RESTAURANT LEMEUNIER
RUE DE LA CHAUSSÉE D'ANTIN

Rien de plus émouvant que le spectacle que donne, dans cet immense Restaurant Lemeunier, rue de la Chaussée d'Antin, la foule des employés et des vendeuses qui y déjeunent à midi.

La lumière et la musique y sont dispensées avec une prodigalité qui fait rêver. Des glaces biseautées, des dorures partout. L'on y entre à travers des plantes vertes par un passage plus sombre aux parois duquel quelques dîneurs déjà à l'étroit sont installés, et qui débouche dans une salle aux proportions énormes, à plusieurs balcons de pitchpin formant un seul étage en *huit*, où vous accueillent à la fois des bouffées d'odeurs tièdes, le tapage des fourchettes et des assiettes choquées, les appels des serveuses et le bruit des conversations.

C'est une grande composition digne du Véronèse pour l'ambition et le volume, mais qu'il faudrait peindre tout entière dans l'esprit du fameux *Bar* de Manet.

Les personnages dominants y sont sans contredit d'abord le groupe des musiciens au nœud du huit, puis les caissières assises en surélévation derrière leurs banques, d'où leurs corsages clairs et obligatoirement gonflés tout entiers émergent, enfin de pitoyables caricatures de maîtres d'hôtel circulant avec une relative lenteur, mais obligés parfois à mettre la main à la pâte avec la même précipitation que les serveuses, non par l'impatience des dîneurs (peu habitués à l'exigence) mais par la fébrilité d'un zèle professionnel aiguillonné par le sentiment de l'incertitude des situations dans l'état actuel de l'offre et de la demande sur le marché du travail.

O monde des fadeurs et des fadaises, tu atteins ici à ta perfection! Toute une jeunesse inconsciente y singe quotidiennement cette frivolité tapageuse que les bourgeois se permettent huit ou dix fois par an, quand le père banquier ou la mère kleptomane ont réalisé quelque bénéfice supplémentaire vraiment inattendu, et veulent comme il faut étonner leurs voisins.

Cérémonieusement attifés, comme leurs parents à la campagne ne se montrent que le dimanche, les jeunes employés et leurs compagnes s'y plongent avec délices, en toute bonne foi chaque jour. Chacun tient à son assiette comme le bernard-l'hermite à sa coquille, tandis que le flot copieux de quelque valse viennoise dont la rumeur domine le cliquetis des valves de faïence, remue les estomacs et les cœurs.

Comme dans une grotte merveilleuse, je les vois tous parler et rire mais ne les entends pas. Jeune vendeur, c'est ici, au milieu de la foule de tes semblables, que tu dois parler à ta camarade et découvrir ton propre cœur. O confidence, c'est ici que tu seras échangée!

Des entremets à plusieurs étages crémeux hardiment

superposés, servis dans des cupules d'un métal mystérieux, hautes de pied mais rapidement lavées et malheu-
reusement toujours tièdes, permettent aux consommateurs qui choisirent qu'on les disposât devant eux, de
manifester mieux que par d'autres signes les sentiments
profonds qui les animent. Chez l'un, c'est l'enthousiasme que lui procure la présence à ses côtés d'une
dactylo magnifiquement ondulée, pour laquelle il n'hési-
terait pas à commettre mille autres coûteuses folies
du même genre; chez l'autre, c'est le souci d'étaler une
frugalité de bon ton (il n'a pris auparavant qu'un léger
hors-d'œuvre) conjuguée avec un goût prometteur des
friandises; chez quelques-uns c'est ainsi que se montre
un dégoût aristocratique de tout ce qui dans ce monde
ne participe pas tant soit peu de la féerie; d'autres
enfin, par la façon dont ils dégustent, révèlent une âme
noble et blasée, et une grande habitude et satiété du luxe.

Par milliers cependant les miettes blondes et de
grandes imprégnations roses sont en même temps appa-
rues sur le linge épars ou tendu.

Un peu plus tard, les briquets se saisissent du premier rôle; selon le dispositif qui actionne la molette
ou la façon dont ils sont maniés. Tandis qu'élevant les
bras dans un mouvement qui découvre à leurs aisselles
leur façon personnelle d'arborer les cocardes de la
transpiration, les femmes se recoiffent ou jouent du
tube de fard.

C'est l'heure où, dans un brouhaha recrudescent de
chaises repoussées, de torchons claquants, de croûtons
écrasés, va s'accomplir le dernier rite de la singulière
cérémonie. Successivement, de chacun de leurs hôtes,
les serveuses, dont un carnet habite la poche et les
cheveux un petit crayon, rapprochent leurs ventres

serrés d'une façon si touchante par les cordons du tablier : elles se livrent de mémoire à une rapide estimation. C'est alors que la vanité est punie et la modestie récompensée. Pièces et billets bleus s'échangent sur les tables : il semble que chacun retire son épingle du jeu.

Fomenté cependant par les filles de salle au cours des derniers services du repas du soir, peu à peu se propage et à huis clos s'achève un soulèvement général du mobilier, à la faveur duquel les besognes humides du nettoyage sont aussitôt entreprises et sans embarras terminées.

C'est alors seulement que les travailleuses, une à une soupesant quelques sous qui tintent au fond de leur poche, avec la pensée qui regonfle dans leur cœur de quelque enfant en nourrice à la campagne ou en garde chez des voisins, abandonnent avec indifférence ces lieux éteints, tandis que du trottoir d'en face l'homme qui les attend n'aperçoit plus qu'une vaste ménagerie de chaises et de tables, l'oreille haute, les unes pardessus les autres dressées à contempler avec hébétude et passion la rue déserte.

NOTES POUR UN COQUILLAGE

Un coquillage est une petite chose, mais je peux la démesurer en la replaçant où je la trouve, posée sur l'étendue du sable. Car alors je prendrai une poignée de sable et j'observerai le peu qui me reste dans la main après que par les interstices de mes doigts presque toute la poignée aura filé, j'observerai quelques grains, puis chaque grain, et aucun de ces grains de sable à ce moment ne m'apparaîtra plus une petite chose, et bientôt le coquillage formel, cette coquille d'huître ou cette tiare bâtarde, ou ce « couteau », m'impressionnera comme un énorme monument, en même temps colossal et précieux, quelque chose comme le temple d'Angkor, Saint-Maclou, ou les Pyramides, avec une signification beaucoup plus étrange que ces trop incontestables produits d'hommes.

Si alors il me vient à l'esprit que ce coquillage, qu'une lame de la mer peut sans doute recouvrir, est habité par une bête, si j'ajoute une bête à ce coquillage en l'imaginant replacé sous quelques centimètres d'eau, je vous laisse à penser de combien s'accroîtra, s'intensifiera de nouveau mon impression, et deviendra différente de celle que peut produire le plus remarquable des monuments que j'évoquais tout à l'heure!

★

Les monuments de l'homme ressemblent aux morceaux de son squelette ou de n'importe quel squelette, à de grands os décharnés : ils n'évoquent aucun habitant à leur taille. Les cathédrales les plus énormes ne laissent sortir qu'une foule informe de fourmis, et même la villa, le château le plus somptueux faits pour un seul homme sont encore plutôt comparables à une ruche ou à une fourmilière à compartiments nombreux, qu'à un coquillage. Quand le seigneur sort de sa demeure il fait certes moins d'impression que lorsque le bernard-l'hermite laisse apercevoir sa monstrueuse pince à l'embouchure du superbe cornet qui l'héberge.

Je puis me plaire à considérer Rome, ou Nîmes, comme le squelette épars, ici le tibia, là le crâne d'une ancienne ville vivante, d'un ancien vivant, mais alors il me faut imaginer un énorme colosse en chair et en os, qui ne correspond vraiment à rien de ce qu'on peut raisonnablement inférer de ce qu'on nous a appris, même à la faveur d'expressions au singulier, comme le Peuple Romain, ou la Foule Provençale.

Que j'aimerais qu'un jour l'on me fasse entrevoir qu'un tel colosse a réellement existé, qu'on nourrisse en quelque sorte la vision très fantomatique et uniquement abstraite sans aucune conviction que je m'en forme! Qu'on me fasse toucher ses joues, la forme de son bras et comment il le posait le long de son corps.

Nous avons tout cela avec le coquillage : nous sommes avec lui en pleine chair, nous ne quittons pas la nature :

le mollusque ou le crustacé sont là présents. D'où, une sorte d'inquiétude qui décuple notre plaisir.

*

Je ne sais pourquoi je souhaiterais que l'homme, au lieu de ces énormes monuments qui ne témoignent que de la disproportion grotesque de son imagination et de son corps (ou alors de ses ignobles mœurs sociales, compagniales), au lieu encore de ces statues à son échelle ou légèrement plus grandes (je pense au David de Michel-Ange) qui n'en sont que de simples représentations, sculpte des espèces de niches, de coquilles à sa taille, des choses très différentes de sa forme de mollusque mais cependant y proportionnées (les cahutes nègres me satisfont assez de ce point de vue), que l'homme mette son soin à se créer aux générations une demeure pas beaucoup plus grosse que son corps, que toutes ses imaginations, ses raisons soient là comprises, qu'il emploie son génie à l'ajustement, non à la disproportion, — ou, tout au moins, que le génie se reconnaisse les bornes du corps qui le supporte.

Et je n'admire même pas ceux comme Pharaon qui font exécuter par une multitude des monuments pour un seul : j'aurais voulu qu'il employât cette multitude à une œuvre pas plus grosse ou pas beaucoup plus grosse que son propre corps, — ou — ce qui aurait été plus méritoire encore, qu'il témoignât de sa supériorité sur les autres hommes par le caractère de son œuvre propre.

De ce point de vue j'admire surtout certains écrivains ou musiciens mesurés, Bach, Rameau, Malherbe, Horace, Mallarmé —, les écrivains par-dessus tous les autres

76

parce que leur monument est fait de la véritable sécrétion commune du mollusque homme, de la chose la
plus proportionnée et conditionnée à son corps, et
cependant la plus différente de sa forme que l'on puisse
concevoir : je veux dire la PAROLE.

O Louvre de lecture, qui pourra être habité, après
la fin de la race peut-être par d'autres hôtes, quelques
singes par exemple, ou quelque oiseau, ou quelque être
supérieur, comme le crustacé se substitue au mollusque
dans la tiare bâtarde.

Et puis, après la fin de tout le règne animal, l'air et le
sable en petits grains lentement y pénètrent, cependant
que sur le sol il luit encore et s'érode, et va brillamment
se désagréger, ô stérile, immatérielle poussière, ô brillant
résidu, quoique sans fin brassé et trituré entre les
laminoirs aériens et marins, ENFIN! *l'on* n'est plus là
et ne peut rien reformer du sable, même pas du verre,
et C'EST FINI!

LES TROIS BOUTIQUES

Près de la place Maubert, à l'endroit où chaque matin de bonne heure j'attends l'autobus, trois boutiques voisinent : Bijouterie, Bois et Charbons, Boucherie. Les contemplant tour à tour, j'observe les comportements différents à mes yeux du métal, de la pierre précieuse, du charbon, de la bûche, du morceau de viande.

Ne nous arrêtons pas trop aux métaux, qui sont seulement la suite d'une action violente ou divisante de l'homme sur des boues ou certains agglomérés qui par eux-mêmes n'eurent jamais de pareilles intentions; ni aux pierres précieuses, dont la rareté justement doit faire qu'on ne leur accorde que peu de mots très choisis dans un discours sur la nature équitablement composé.

Quant à la viande, un tremblement à sa vue, une espèce d'horreur ou de sympathie m'oblige à la plus grande discrétion. Fraîchement coupée, d'ailleurs, un voile de vapeur ou de fumée *sui generis* la dérobe aux yeux même qui voudraient faire preuve à proprement parler de cynisme : j'aurai dit tout ce que je peux dire lorsque j'aurai attiré l'attention, une minute, sur son aspect *pantelant*.

Mais la contemplation du bois et du charbon est une

78

source de joies aussi faciles que sobres et sûres, que je serais content de faire partager. Sans doute y faudrait-il plusieurs pages, quand je ne dispose ici que de la moitié d'une. C'est pourquoi je me borne à vous proposer ce sujet de méditations : « 1º) LE TEMPS OCCUPÉ EN VECTEURS SE VENGE TOUJOURS, PAR LA MORT. — 2º BRUN, PARCE QUE LE BRUN EST ENTRE LE VERT ET LE NOIR SUR LE CHEMIN DE LA CARBONISATION, LE DESTIN DU BOIS COMPORTE ENCORE — QUOIQU'AU MINIMUM — UNE GESTE, C'EST-A-DIRE L'ERREUR, LE FAUX PAS, ET TOUS LES MALENTENDUS POSSIBLES. »

FAUNE ET FLORE

La faune bouge, tandis que la flore se déplie à l'œil.

Toute une sorte d'êtres animés est directement assumée par le sol.

Ils ont au monde leur place assurée, ainsi qu'à l'ancienneté leur décoration.

Différents en ceci de leurs frères vagabonds, ils ne sont pas surajoutés au monde, importuns au sol. Ils n'errent pas à la recherche d'un endroit pour leur mort, si la terre comme des autres absorbe soigneusement leurs restes.

Chez eux, pas de soucis alimentaires ou domiciliaires, pas d'entre-dévoration : pas de terreurs, de courses folles, de cruautés, de plaintes, de cris, de paroles. Ils ne sont pas les corps seconds de l'agitation, de la fièvre et du meurtre.

Dès leur apparition au jour, ils ont pignon sur rue, ou sur route. Sans aucun souci de leurs voisins, ils ne rentrent pas les uns dans les autres par voie d'absorption. Ils ne sortent pas les uns des autres par gestation.

Ils meurent par dessication et chute au sol, ou plutôt affaissement sur place, rarement par corruption. Aucun endroit de leur corps particulièrement sensible, au point que percé il cause la mort de toute la personne. Mais une sensibilité relativement plus chatouilleuse au climat, aux conditions d'existence.

Ils ne sont pas... Ils ne sont pas...
Leur enfer est d'une autre sorte.

Ils n'ont pas de voix. Ils sont à peu de chose près paralytiques. Ils ne peuvent attirer l'attention que par leurs poses. Ils n'ont pas l'air de connaître les douleurs de la non-justification. Mais ils ne pourraient en aucune façon échapper par la fuite à cette hantise, ou croire y échapper, dans la griserie de la vitesse. Il n'y a pas d'autre mouvement en eux que l'extension. Aucun geste, aucune pensée, peut-être aucun désir, aucune intention, qui n'aboutisse à un monstrueux accroissement de leur corps, à une irrémédiable *excroissance*.

Ou plutôt, et c'est bien pire, rien de monstrueux par malheur : malgré tous leurs efforts pour « s'exprimer », ils ne parviennent jamais qu'à répéter un million de fois la même expression, la même feuille. Au printemps, lorsque, las de se contraindre et n'y tenant plus, ils laissent échapper un flot, un vomissement de vert, et croient entonner un cantique varié, sortir d'eux-mêmes, s'étendre à toute la nature, l'embrasser, ils ne réussissent encore que, à des milliers d'exemplaires, la même note, le même mot, la même feuille.

L'on ne peut sortir de l'arbre par des moyens d'arbre.

*

« Ils ne s'expriment que par leurs poses. »
Pas de gestes, ils multiplient seulement leurs bras,

leurs mains, leurs doigts, — à la façon des bouddhas. C'est ainsi qu'oisifs, ils vont jusqu'au bout de leurs pensées. Ils ne sont qu'une volonté d'expression. Ils n'ont rien de caché pour eux-mêmes, ils ne peuvent garder aucune idée secrète, ils se déploient entièrement, honnêtement, sans restriction.

Oisifs, ils passent leur temps à compliquer leur propre forme, à parfaire dans le sens de la plus grande complication d'analyse leur propre corps. Où qu'ils naissent, si cachés qu'ils soient, ils ne s'occupent qu'à accomplir leur expression : ils se préparent, ils s'ornent, ils attendent qu'on vienne les lire.

Ils n'ont à leur disposition pour attirer l'attention sur eux que leurs poses, que des lignes, et parfois un signal exceptionnel, un extraordinaire appel aux yeux et à l'odorat sous forme d'ampoules ou de bombes lumineuses et parfumées, qu'on appelle leurs fleurs, et qui sont sans doute des plaies.

Cette modification de la sempiternelle feuille signifie certainement quelque chose.

*

Le temps des végétaux : ils semblent toujours figés, immobiles. On tourne le dos pendant quelques jours, une semaine, leur pose s'est encore précisée, leurs membres multipliés. Leur identité ne fait pas de doute, mais leur forme s'est de mieux en mieux réalisée.

*

La beauté des fleurs qui fanent : les pétales se tordent comme sous l'action du feu : c'est bien cela d'ailleurs :

une déshydratation. Se tordent pour laisser apercevoir les graines à qui ils décident de donner leur chance, le champ libre.

C'est alors que la nature se présente face à la fleur, la force à s'ouvrir, à s'écarter : elle se crispe, se tord, elle recule, et laisse triompher la graine qui sort d'elle qui l'avait préparée.

*

Le temps des végétaux se résout à leur espace, à l'espace qu'ils occupent peu à peu, remplissant un canevas sans doute à jamais déterminé. Lorsque c'est fini, alors la lassitude les prend, et c'est le drame d'une certaine saison.

Comme le développement de cristaux : une volonté de formation, et une impossibilité de se former autrement que *d'une manière*.

*

Parmi les êtres animés on peut distinguer ceux dans lesquels, outre le mouvement qui les fait grandir, agit une force par laquelle ils peuvent remuer tout ou partie de leur corps, et se déplacer à leur manière par le monde, — et ceux dans lesquels il n'y a pas d'autre mouvement que l'extension.

Une fois libérés de l'obligation de grandir, les premiers *s'expriment* de plusieurs façons, à propos de mille soucis de logement, de nourriture, de défense, de certains jeux enfin lorsqu'un certain repos leur est accordé.

Les seconds, qui ne connaissent pas ces besoins pressants, l'on ne peut affirmer qu'ils n'aient pas d'autres intentions ou volonté que de s'accroître mais en tout cas toute volonté d'expression de leur part est impuissante, sinon à développer leur corps, comme si chacun de nos désirs nous coûtait l'obligation désormais de nourrir et de supporter un membre supplémentaire. Infernale multiplication de substance à l'occasion de chaque idée! Chaque désir de fuite m'alourdit d'un nouveau chaînon!

*

Le végétal est une analyse en acte, une dialectique originale dans l'espace. Progression par division de l'acte précédent. L'expression des animaux est orale, ou mimée par gestes qui s'effacent les uns les autres. L'expression des végétaux est écrite, une fois pour toutes. Pas moyen d'y revenir, repentirs impossibles : pour se corriger, il faut ajouter. Corriger un texte écrit, et *paru*, par des appendices, et ainsi de suite. Mais, il faut ajouter qu'ils ne se divisent pas à l'infini. Il existe à chacun une borne.

Chacun de leurs gestes laisse non pas seulement une trace comme il en est de l'homme et de ses écrits, il laisse une présence, une naissance irrémédiable, *et non détachée d'eux*.

*

Leurs poses, ou « tableaux-vivants » :
muettes instances, supplications, calme fort, triomphes.

*

L'on dit que les infirmes, les amputés voient leurs facultés se développer prodigieusement : ainsi des végétaux : leur immobilité fait leur perfection, leur fouillé, leurs belles décorations, leurs riches fruits.

*

Aucun geste de leur action n'a d'effet en dehors d'eux-mêmes.

*

La variété infinie des sentiments que fait naître le désir dans l'immobilité a donné lieu à l'infinie diversité de leurs formes.

*

Un ensemble de lois compliquées à l'extrême, c'est-à-dire le plus parfait hasard, préside à la naissance, et au placement des végétaux sur la surface du globe.

La loi des *indéterminés déterminants.*

*

Les végétaux la nuit.

L'exhalaison de l'acide carbonique par la fonction chlorophyllienne, comme un soupir de satisfaction qui durerait des heures, comme lorsque la plus basse corde des instruments à cordes, le plus relâchée possible, vibre à la limite de la musique, du son pur, et du silence.

*

BIEN QUE L'ÊTRE VÉGÉTAL VEUILLE ÊTRE
DÉFINI PLUTÔT PAR SES CONTOURS ET PAR SES
FORMES, J'HONORERAI D'ABORD EN LUI UNE
VERTU DE SA SUBSTANCE : CELLE DE POUVOIR
ACCOMPLIR SA SYNTHÈSE AUX DÉPENS SEULS
DU MILIEU INORGANIQUE QUI L'ENVIRONNE.
TOUT LE MONDE AUTOUR DE LUI N'EST QU'UNE
MINE OÙ LE PRÉCIEUX FILON VERT PUISE DE
QUOI ÉLABORER CONTINÛMENT SON PROTO-
PLASME, DANS L'AIR PAR LA FONCTION CHLORO-
PHYLLIENNE DE SES FEUILLES, DANS LE SOL
PAR LA FACULTÉ ABSORBANTE DE SES RACINES
QUI ASSIMILENT LES SELS MINÉRAUX. D'OÙ
LA QUALITÉ ESSENTIELLE DE CET ÊTRE, LIBÉRÉ
À LA FOIS DE TOUS SOUCIS DOMICILIAIRES ET
ALIMENTAIRES PAR LA PRÉSENCE À SON EN-
TOUR D'UNE RESSOURCE INFINIE D'ALIMENTS :
L'immobilité.

LA CREVETTE

Plusieurs qualités ou circonstances font l'un des objets les plus pudiques au monde, et peut-être le plus farouche gibier de contemplation, d'un petit animal qu'il importe sans doute moins de nommer d'abord que d'évoquer avec précaution, de laisser s'engager de son mouvement propre dans le conduit des circonlocutions, d'atteindre enfin par la parole au point dialectique où le situent sa forme et son milieu, sa condition muette et l'exercice de sa profession juste.

Admettons-le d'abord, parfois il arrive qu'un homme à la vue troublée par la fièvre, la faim ou simplement la fatigue, subisse une passagère et sans doute bénigne hallucination : par bonds vifs, saccadés, successifs, rétrogrades suivis de lents retours, il aperçoit d'un endroit à l'autre de l'étendue de sa vision remuer d'une façon particulière une sorte de petits signes, assez peu marqués, translucides, à formes de bâtonnets, de virgules, peut-être d'autres signes de ponctuation, qui, sans lui cacher du tout le monde l'oblitèrent en quelque façon, s'y déplacent en surimpression, enfin donnent envie de se frotter les yeux afin de re-jouir par leur éviction d'une vision plus nette.

Or, dans le monde des représentations extérieures, parfois un phénomène analogue se produit : la crevette, au sein des flots qu'elle habite, ne bondit pas d'une façon différente, et comme les taches dont je parlais tout à l'heure étaient l'effet d'un trouble de la vue, ce petit être semble d'abord fonction de la confusion marine. Il se montre d'ailleurs le plus fréquemment aux endroits où même par temps sereins cette confusion est toujours à son comble : au creux des roches, où les ondulations liquides sans cesse se contredisent, parmi lesquelles l'œil, dans une épaisseur de pur qui se distingue mal de l'encre, malgré toutes ses peines n'aperçoit jamais rien de sûr. Une diaphanéité utile autant que ses bonds y ôte enfin à sa présence même immobile sous les regards toute continuité.

L'on se trouve ici exactement au point où il importe qu'à la faveur de cette difficulté et de ce doute ne prévaille pas dans l'esprit une lâche illusion, grâce à laquelle la crevette, par l'attention déçue presque aussitôt cédée à la mémoire, n'y serait pas conservée plus qu'un reflet, ou que l'ombre envolée et bonne nageuse des types d'une espèce représentée de façon plus tangible dans les bas-fonds par le homard, la langoustine, la langouste, et par l'écrevisse dans les ruisseaux froids. Non, à n'en pas douter elle vit tout autant que ces chars malhabiles, et connaît, quoique dans une condition moins terre à terre, toutes les douleurs et les angoisses que la vie partout suppose... Si l'extrême complication intérieure qui les anime parfois ne doit pas nous empêcher d'honorer les formes les plus caractéristiques, d'une stylisation à laquelle elles ont droit, pour les traiter au besoin ensuite en idéogrammes indifférents, il ne faut pas pourtant que cette utilisation nous épargne les douleurs sympathiques que la constatation de la vie provoque irrésistiblement en nous : une exacte compréhension du monde animé sans doute est à ce prix.

Qu'est-ce qui peut d'ailleurs ajouter plus d'intérêt à une forme, que la remarque de sa reproduction et dissémination par la nature à des millions d'exemplaires à la même heure partout, dans les eaux fraîches et copieuses du beau comme du mauvais temps? Que nombre d'individus pâtissent de cette forme, en subissent la damnation particulière, au même nombre d'endroits de ce fait nous attend la provocation du désir de perception nette. Objets pudiques en tant qu'objets, semblant vouloir exciter le doute non pas tant chacun sur sa propre réalité que sur la possibilité à son égard d'une contemplation un peu longue, d'une possession idéale un peu satisfaisante; pouvoir prompt, siégeant dans la queue, d'une rupture de chiens à tout propos : sans doute est-ce dans la cinématique plutôt que dans l'architecture par exemple qu'un tel motif enfin pourra être utilisé... L'art de vivre d'abord y devait trouver son compte : il nous fallait relever ce défi.

VÉGÉTATION

La pluie ne forme pas les seuls traits d'union entre
le sol et les cieux : il en existe d'une autre sorte,
moins intermittents et beaucoup mieux tramés, dont le
vent si fort qu'il l'agite n'emporte pas le tissu. S'il
réussit parfois dans une certaine saison à en détacher
peu de choses, qu'il s'efforce alors de réduire dans son
tourbillon, l'on s'aperçoit à la fin du compte qu'il n'a
rien dissipé du tout.

A y regarder de plus près, l'on se trouve alors à
l'une des mille portes d'un immense laboratoire, hérissé
d'appareils hydrauliques multiformes, tous beaucoup
plus compliqués que les simples colonnes de la pluie
et doués d'une originale perfection : tous à la fois cor-
nues, filtres, siphons, alambics.

Ce sont ces appareils que la pluie rencontre justement d'abord, avant d'atteindre le sol. Ils la reçoivent
dans une quantité de petits bols, disposés en foule à
tous les niveaux d'une plus ou moins grande profondeur, et qui se déversent les uns dans les autres jusqu'à ceux du degré le plus bas, par qui la terre enfin est
directement ramoitie.

Ainsi ralentissent-ils l'ondée à leur façon, et en

gardent-ils longtemps l'humeur et le bénéfice au sol après la disparition du météore. A eux seuls appartient le pouvoir de faire briller au soleil les formes de la pluie, autrement dit d'exposer sous le point de vue de la joie les raisons aussi religieusement admises, qu'elles furent par la tristesse précipitamment formulées. Curieuse occupation, énigmatiques caractères.

Ils grandissent en stature à mesure que la pluie tombe; mais avec plus de régularité, plus de discrétion; et, par une sorte de force acquise, même alors qu'elle ne tombe plus. Enfin, l'on retrouve encore de l'eau dans certaines ampoules qu'ils forment et qu'ils portent avec une rougissante affectation, que l'on appelle leurs fruits.

Telle est, semble-t-il, la fonction physique de cette espèce de tapisserie à trois dimensions à laquelle on a donné le nom de végétation pour d'autres caractères qu'elle présente et en particulier pour la sorte de vie qui l'anime... Mais j'ai voulu d'abord insister sur ce point : bien que la faculté de réaliser leur propre synthèse et de se produire sans qu'on les en prie (voire entre les pavés de la Sorbonne), apparente les appareils végétatifs aux animaux, c'est-à-dire à toutes sortes de vagabonds, néanmoins en beaucoup d'endroits à demeure ils forment un tissu, et ce tissu appartient au monde comme l'une de ses assises.

LE GALET

Le galet n'est pas une chose facile à bien définir.

Si l'on se contente d'une simple description l'on peut dire d'abord que c'est une forme ou un état de la pierre entre le rocher et le caillou.

Mais ce propos déjà implique de la pierre une notion qui doit être justifiée. Qu'on ne me reproche pas en cette matière de remonter plus loin même que le déluge.

*

Tous les rocs sont issus par scissiparité d'un même aïeul énorme. De ce corps fabuleux l'on ne peut dire qu'une chose, savoir que hors des limbes il n'a point tenu debout.

La raison ne l'atteint qu'amorphe et répandu parmi les bonds pâteux de l'agonie. Elle s'éveille pour le baptême d'un héros de la grandeur du monde, et découvre le pétrin affreux d'un lit de mort.

Que le lecteur ici ne passe pas trop vite, mais qu'il admire plutôt, au lieu d'expressions si épaisses et si funèbres, la grandeur et la gloire d'une vérité qui a pu tant soi peu se les rendre transparentes et n'en paraître pas tout à fait obscurcie.

Ainsi, sur une planète déjà terne et froide, brille à présent le soleil. Aucun satellite de flammes à son égard ne trompe plus. Toute la gloire et toute l'existence, tout ce qui fait voir et tout ce qui fait vivre, la source de toute apparence objective s'est retirée à lui. Les héros issus de lui qui gravitaient dans son entourage se sont volontairement éclipsés. Mais pour que la vérité dont ils abdiquent la gloire — au profit de sa source même — conserve un public et des objets, morts ou sur le point de l'être, ils n'en continuent pas moins autour d'elle leur ronde, leur service de spectateurs.

L'on conçoit qu'un pareil sacrifice, l'expulsion de la vie hors de natures autrefois si glorieuses et si ardentes, ne soit pas allé sans de dramatiques bouleversements intérieurs. Voilà l'origine du gris chaos de la Terre, notre humble et magnifique séjour.

Ainsi, après une période de torsions et de plis pareils à ceux d'un corps qui s'agite en dormant sous les couvertures, notre héros, maté (par sa conscience) comme par une monstrueuse camisole de force, n'a plus connu que des explosions intimes, de plus en plus rares, d'un effet brisant sur une enveloppe de plus en plus lourde et froide.

Lui mort et elle chaotique sont aujourd'hui confondus.

*

De ce corps une fois pour toutes ayant perdu avec la faculté de s'émouvoir celle de se refondre en une personne entière, l'histoire depuis la lente catastrophe du refroidissement ne sera plus que celle d'une perpétuelle désagrégation. Mais c'est à ce moment qu'il advient d'autres choses : la grandeur morte, la vie fait voir aussitôt qu'elle n'a rien de commun avec elle. Aussitôt, à mille ressources.

Telle est aujourd'hui l'apparence du globe. Le cadavre en tronçons de l'être de la grandeur du monde ne fait plus que servir de décor à la vie de millions d'êtres infiniment plus petits et plus éphémères que lui. Leur foule est par endroits si dense qu'elle dissimule entièrement l'ossature sacrée qui leur servit naguère d'unique support. Et ce n'est qu'une infinité de leurs cadavres qui réussissant depuis lors a imiter la consistance de la pierre, par ce qu'on appelle la terre végétale, leur permet depuis quelques jours de se reproduire sans rien devoir au roc.

Par ailleurs l'élément liquide, d'une origine peut-être aussi ancienne que celui dont je traite ici, s'étant assemblé sur de plus ou moins grandes étendues, le recouvre, s'y frotte, et par des coups répétés active son érosion.

Je décrirai donc quelques-unes des formes que la pierre actuellement éparse et humiliée par le monde montre à nos yeux.

*

Les plus gros fragments, dalles à peu près invisibles sous les végétations entrelacées qui s'y agrippent autant par religion que pour d'autres motifs, constituent l'ossature du globe.

Ce sont là de véritables temples : non point des constructions élevées arbitrairement au-dessus du sol, mais les restes impassibles de l'antique héros qui fut naguère véritablement au monde.

Engagé à l'imagination de grandes choses parmi l'ombre et le parfum des forêts qui recouvrent parfois ces blocs mystérieux, l'homme par l'esprit seul suppose là-dessous leur continuité.

Dans les mêmes endroits, de nombreux blocs plus petits attirent son attention. Parsemées sous bois par le Temps, d'inégales boules de mie de pierre, pétries par les doigts sales de ce dieu.

Depuis l'explosion de leur énorme aïeul, et de leur trajectoire aux cieux abattus sans ressort, les rochers se sont tus.

Envahis et fracturés par la germination, comme un homme qui ne se rase plus, creusés et comblés par la terre meuble, aucun d'eux devenus incapables d'aucune réaction ne pipe plus mot.

Leurs figures, leurs corps se fendillent. Dans les rides de l'expérience la naïveté s'approche et s'installe. Les roses s'assoient sur leurs genoux gris, et elles font contre eux leur naïve diatribe. Eux les admettent. Eux, dont jadis la grêle désastreuse éclaircit les forêts, et dont la durée est éternelle dans la stupeur et la résignation.

Ils rient de voir autour d'eux suscitées et condamnées tant de générations de fleurs, d'une carnation d'ailleurs quoi qu'on dise à peine plus vivante que la leur, et d'un rose aussi pâle et aussi fané que leur gris. Ils pensent (comme des statues sans se donner la peine de le dire) que ces teintes sont empruntées aux lueurs des cieux au soleil couchant, lueurs elles-mêmes par les cieux essayées tous les soirs en mémoire d'un incendie bien plus éclatant, lors de ce fameux cataclysme à l'occasion duquel projetés violemment dans les airs, ils connurent une heure de liberté magnifique terminée par ce formidable atterrement. Non loin de là, la mer aux genoux rocheux des géants spectateurs sur ses bords des efforts écumants de leurs femmes abattues, sans cesse arrache des blocs qu'elle garde, étreint, balance, dorlote, ressasse, malaxe, flatte et polit dans ses bras contre son corps ou abandonne dans un coin de sa bouche comme une dragée, puis ressort de sa bouche, et dépose sur un bord hospitalier en pente douce parmi un troupeau déjà nombreux à sa portée, en vue de l'y reprendre bientôt pour s'en occuper plus affectueusement, passionnément encore.

Cependant le vent souffle. Il fait voler le sable. Et si l'une de ces particules, forme dernière et la plus infime de l'objet qui nous occupe, arrive à s'introduire réellement dans nos yeux, c'est ainsi que la pierre, par la façon d'éblouir qui lui est particulière, punit et termine notre contemplation.

La nature nous ferme ainsi les yeux quand le moment vient d'interroger vers l'intérieur de la mémoire si les renseignements qu'une longue contemplation y a accumulés ne l'auraient pas déjà fournie de quelques principes.

*

A l'esprit en mal de notions qui s'est d'abord nourri de telles apparences, à propos de la pierre la nature apparaîtra enfin, sous un jour peut-être trop simple, comme une montre dont le principe est fait de roues qui tournent à de très inégales vitesses, quoiqu'elles soient agies par un unique moteur.

Les végétaux, les animaux, les vapeurs et les liquides,

à mourir et à renaître tournent d'une façon plus ou moins rapide. La grande roue de la pierre nous paraît pratiquement immobile, et, même théoriquement, nous ne pouvons concevoir qu'une partie de la phase de sa très lente désagrégation.

Si bien que contrairement à l'opinion commune qui fait d'elle aux yeux des hommes un symbole de la durée et de l'impassibilité, l'on peut dire qu'en fait la pierre ne se reformant pas dans la nature, elle est en réalité la seule chose qui y meure constamment.

En sorte que lorsque la vie, par la bouche des êtres qui en reçoivent successivement et pour une assez courte période le dépôt, laisse croire qu'elle envie la solidité indestructible du décor qu'elle habite, en réalité elle assiste à la désagrégation continue de ce décor. Et voici l'unité d'action qui lui paraît dramatique : elle pense confusément que son support peut un jour lui faillir, alors qu'elle-même se sent éternellement ressuscitable. Dans un décor qui a renoncé à s'émouvoir, et songe seulement à tomber en ruines, la vie s'inquiète et s'agite de ne savoir que ressusciter.

Il est vrai que la pierre elle-même se montre parfois agitée. C'est dans ses derniers états, alors que galets, graviers, sable, poussière, elle n'est plus capable de jouer son rôle de contenant ou de support des choses animées. Désemparée du bloc fondamental elle roule, elle vole, elle réclame une place à la surface, et toute vie alors recule loin des mornes étendues où tour à tour la disperse et la rassemble la frénésie du désespoir.

Je noterai enfin, comme un principe très important, que toutes les formes de la pierre, qui représentent toutes quelque état de son évolution, existent simultanément au monde. Ici point de générations, point

97

de races disparues. Les Temples, les Demi-Dieux, les Merveilles, les Mammouths, les Héros, les Aïeux voisinent chaque jour avec les petits-fils. Chaque homme peut toucher en chair et en os tous les possibles de ce monde dans son jardin. Point de conception : tout existe; ou plutôt, comme au paradis, toute la conception existe.

*

Si maintenant je veux avec plus d'attention examiner l'un des types particuliers de la pierre, la perfection de sa forme, le fait que je peux le saisir et le retourner dans ma main, me font choisir le galet.

Aussi bien, le galet est-il exactement la pierre à l'époque où commence pour elle l'âge de la personne, de l'individu, c'est-à-dire de la parole.

Comparé au banc rocheux d'où il dérive directement, il est la pierre déjà fragmentée et polie en un très grand nombre d'individus presque semblables. Comparé au plus petit gravier, l'on peut dire que par l'endroit où on le trouve, parce que l'homme aussi n'a pas coutume d'en faire un usage pratique, il est la pierre encore sauvage, ou du moins pas domestique.

Encore quelques jours sans signification dans aucun ordre pratique du monde, profitons de ses vertus.

*

Apporté un jour par l'une des innombrables charrettes du flot, qui depuis lors, semble-t-il, ne déchargent plus que pour les oreilles leur vaine cargaison, chaque galet repose sur l'amoncellement des formes de son antique état, et des formes de son futur.

Non loin des lieux où une couche de terre végétale recouvre encore ses énormes aïeux, au bas du banc rocheux où s'opère l'acte d'amour de ses parents immédiats, il a son siège au sol formé du grain des mêmes, où le flot terrassier le recherche et le perd.

Mais ces lieux où la mer ordinairement le relègue sont les plus impropres à toute homologation. Ses populations y gisent au su de la seule étendue. Chacun s'y croit perdu parce qu'il n'a pas de nombre, et qu'il ne voit que des forces aveugles pour tenir compte de lui.

Et en effet, partout où de tels troupeaux reposent, ils couvrent pratiquement tout le sol, et leur dos forme un parterre incommode à la pose du pied comme à celle de l'esprit.

Pas d'oiseaux. Des brins d'herbe parfois sortent entre eux. Des lézards les parcourent, les contournent sans façon. Des sauterelles par bonds s'y mesurent plutôt entre elles qu'elles ne les mesurent. Des hommes parfois jettent distraitement au loin l'un des leurs.

Mais ces objets du dernier peu, perdus sans ordre au milieu d'une solitude violée par les herbes sèches, les varechs, les vieux bouchons et toutes sortes de débris des provisions humaines, — imperturbables parmi les remous les plus forts de l'atmosphère, — assistent muets au spectacle de ces forces qui courent en aveugles à leur essoufflement par la chasse de tout hors de toute raison.

Pourtant attachés nulle part, ils restent à leur place quelconque sur l'étendue. Le vent le plus fort pour déraciner un arbre ou démolir un édifice, ne peut déplacer un galet. Mais comme il fait voler la poussière alentour, c'est ainsi que parfois les furets de l'ouragan déterrent quelqu'une de ces bornes du hasard à leurs places quelconques depuis des siècles sous la couche opaque et temporelle du sable.

*

Mais au contraire l'eau, qui rend glissant et communique sa qualité de fluide à tout ce qu'elle peut entièrement enrober, arrive parfois à séduire ces formes et à les entraîner. Car le galet se souvient qu'il naquit par l'effort de ce monstre informe sur le monstre également informe de la pierre. Et comme sa personne encore ne peut être achevée qu'à plusieurs reprises par l'application du liquide, elle lui reste à jamais par définition docile.

Terne au sol, comme le jour est terne par rapport à la nuit, à l'instant même où l'onde le reprend elle lui donne à luire. Et quoiqu'elle n'agisse pas en profondeur, et ne pénètre qu'à peine le très fin et très serré agglomérat, la très mince quoique très active adhérence du liquide provoque à sa surface une modification sensible. Il semble qu'elle la repolisse, et panse ainsi elle-même les blessures faites par leurs précédentes amours. Alors, pour un moment, l'extérieur du galet ressemble à son intérieur : il a sur tout le corps l'œil de la jeunesse.

Cependant sa forme à la perfection supporte les deux milieux. Elle reste imperturbable dans le désordre des mers. Il en sort seulement plus petit, mais entier, et, si l'on veut aussi *grand*, puisque ses proportions ne dépendent aucunement de son volume.

Sorti du liquide il sèche aussitôt. C'est-à-dire que malgré les monstrueux efforts auxquels il a été soumis, la trace liquide ne peut demeurer à sa surface : il la dissipe sans aucun effort.

Enfin, de jour en jour plus petit mais toujours sûr de sa forme, aveugle, solide et sec dans sa profondeur, son caractère est donc de ne pas se laisser confondre mais plutôt réduire par les eaux. Aussi, lorsque vaincu il est enfin du sable, l'eau n'y pénètre pas exactement comme à la poussière. Gardant alors toutes les traces, sauf justement celles du liquide, qui se borne à pouvoir effacer sur lui celles qu'y font les autres, il laisse à travers lui passer toute la mer, qui se perd en sa profondeur sans pouvoir en aucune façon faire avec lui de la boue.

★

Je n'en dirai pas plus, car cette idée d'une disparition de signes me donne à réfléchir sur les défauts d'un style qui appuie trop sur les mots.

Trop heureux seulement d'avoir pour ces débuts su choisir *le galet :* car un homme d'esprit ne pourra que sourire, mais sans doute il sera touché, quand mes critiques diront : « Ayant entrepris d'écrire une description de la pierre, il s'empêtra. »

Proêmes

Tout se passe (du moins l'imaginé-je souvent) comme si, depuis que j'ai commencé à écrire, je courais, sans le moindre succès, « après » l'estime d'une certaine personne.

Où se situe cette personne, et si elle mérite ou non ma poursuite, peu importe.

Du Parti pris des Choses, il me parut qu'elle avait surtout pensé que les textes de ce recueil témoignaient d'une infaillibilité un peu courte.

Je lui montrai alors ces Proêmes : j'en ai plutôt honte, mais du moins devaient-ils, à mon sens, détruire cette impression (d'infaillibilité).

Elle leur reprocha aussitôt ce tremblement de certitude dont ils lui semblaient affligés.

Hélas ! Voilà qui devenait bien grave, et comme rédhibitoire. Sans doute, elle le sentit, car redoublant bientôt de rigueurs, elle me fit part de sa consternation « songeant à tous ceux près de qui ce petit livre pouvait me rendre ridicule ou odieux ».

Dès lors, je me décidai. « Il ne me reste plus, pensai-je (je ne pouvais plus reculer), qu'à publier ce fatras à ma honte, pour mériter par cette démarche même, l'estime dont je ne peux me passer. »

Nous allons voir... Mais déjà, comme je ne me fais pas trop d'illusions, je suis reparti d'ailleurs sur de nouveaux frais.

I

NATARE PISCEM DOCES

Étonnant que je puisse oublier, que j'oublie si facilement et chaque fois pour si longtemps, le principe à partir duquel seulement l'on peut écrire des œuvres intéressantes, et les écrire bien. Sans doute, c'est que je n'ai jamais su me le définir clairement, enfin d'une manière représentative ou mémorable.

De temps à autre il se produit dans mon esprit, non pas il est vrai comme un axiome ou une maxime : c'est comme un jour ensoleillé après mille jours sombres, ou plutôt (car il tient moins de la nature que de l'artifice, et plus exactement encore d'un progrès de l'artifice) comme la lumière d'une ampoule électrique tout à coup dans une maison jusqu'alors éclairée au pétrole... Mais le lendemain on aurait oublié que l'électricité vient d'être installée, et l'on recommencerait à grand-peine à garnir des lampes, à changer des mèches, à se brûler les doigts aux verres, et à être mal éclairé...

« *Il faut d'abord se décider en faveur de son propre esprit et de son propre goût. Il faut ensuite prendre le temps, et le courage, d'exprimer toute sa pensée à propos du sujet choisi* (et non pas seulement retenir les expressions qui vous paraissent brillantes ou caractéristiques). *Il faut enfin tout dire simplement, en se fixant pour but non les charmes, mais la conviction.* »

1935.

Quand aux tentures du jour, aux noms communs
drapés pour notre demeure en lecture on ne reconnaîtra
plus grand-chose sinon de hors par ci nos initiales briller comme épingles ferrées sur un monument de toile,

Une croupe aux cieux s'insurgera contre les couvertures, le vent soufflera par un échappement compensa-
teur du fondement, les forêts du bas-ventre seront frot-
tées contre la terre, jusqu'à ce qu'au genou de l'Ouest
se dégrafe la dernière faveur diurne :

Le corps du bel obscur hors du drap des paroles alors
tout découvert, bon pour un bol à boire au nichon de
la mère d'Hercule!

1925.

Ce que j'écris maintenant a peut-être une valeur propre : je n'en sais rien. Du fait de ma condition sociale, parce que je suis occupé à gagner ma vie pendant pratiquement douze heures par jour, je ne pourrais écrire bien autre chose : je dispose d'*environ vingt minutes*, le soir, avant d'être envahi par le sommeil.

Au reste, en aurais-je le temps, il me semble que je n'aurais plus le goût de travailler beaucoup et à plusieurs reprises sur le même sujet. Ce qui m'importe, c'est de saisir presque chaque soir un nouvel objet, d'en tirer à la fois une jouissance et une leçon; je m'y instruis et m'en amuse, enfin : à ma façon.

Je suis bien content lorsqu'un ami me dit qu'il aime un de ces écrits. Mais moi je trouve que ce sont de bien petites choses. Mon ambition était différente.

Pendant des années, alors que je disposais de tout mon temps, je me suis posé les questions les plus difficiles, j'ai inventé toutes les raisons de ne pas écrire. La preuve que je n'ai pourtant pas perdu mon temps, c'est justement ce fait que l'on puisse aimer quelquefois ces petites choses que j'écris maintenant sans forcer mon talent, et même avec facilité.

1935.

Si incroyable que le fait, un jour (et déjà), doive paraître, l'on a pu constater une certaine corrélation entre la reprise de *Coriolan* au Théâtre-Français et l'émeute de 6 février.

Alors qu'à propos de cette reprise l'on entend dire partout que cette pièce est une apologie du pouvoir personnel (et déjà il y a plusieurs années M. Léon Blum avait cru devoir chercher des excuses aux opinions anti-démocratiques de Shakespeare) il est sans doute bon de rappeler les phrases suivantes, mises dans la bouche de Cassius dans *Jules César* (acte I, scène II) :

« De quels aliments se nourrit donc ce César, pour être devenu si grand? Quelle honte pour notre époque! Quelle est la génération depuis le déluge universel qui n'a eu qu'un seul homme dont elle pût s'enorgueillir? C'est pour le coup que nous pouvons appeler Rome un désert puisqu'un seul homme l'habite. »

Et de *Coriolan* même celles-ci, qui éclairent toute l'œuvre dont le ton est, entre *Troïlus et Cressida* et *Jules César*, celui de la tragi-comédie :

« D'homme qu'il était il est devenu dragon; il a des ailes, il ne touche plus terre. L'aigreur empreinte sur

son visage suffirait pour faire tourner une vendange...
Sa voix ressemble au son d'une cloche funèbre, et son
murmure au bruit d'une batterie. »

Pour nous séduire à la dictature il faudra trouver
autre chose.

L'on s'en doutait.

1934.

Un corps a été mis au monde et maintenu pendant trente-cinq années dont j'ignore à peu près tout, présent sans cesse à *désirer* une pensée que mon devoir serait de conduire au jour.

Ainsi, à l'épaisseur des choses ne s'oppose qu'une *exigence* d'esprit, qui chaque jour rend les paroles plus coûteuses et plus urgent leur besoin.

N'importe. L'activité qui en résulte est la seule où soient mises en jeu toutes les qualités de cette construction prodigieuse, la personne, à partir de quoi tout a été remis en question et qui semble avoir tant de mal à accepter franchement son existence.

1933.

Il faut d'abord que j'avoue une tentation absolument charmante, longue, caractéristique, irrésistible pour mon esprit.

C'est de donner au monde, à l'ensemble des choses que je vois ou que je conçois pour la vue, non pas comme le font la plupart des philosophes et comme il est sans doute raisonnable, la forme d'une grande sphère, d'une grande perle, molle et nébuleuse, comme brumeuse, ou au contraire cristalline et limpide, dont comme l'a dit l'un d'eux le centre serait partout et la circonférence nulle part, ni non plus d'une « géométrie dans l'espace », d'un incommensurable damier, ou d'une ruche aux innombrables alvéoles tour à tour vivantes et habitées, ou mortes et désaffectées, comme certaines églises sont devenues des granges ou des remises, comme certaines coquilles autrefois attenues à un corps mouvant et volontaire de mollusque, flottent vidées par la mort, et n'hébergent plus que de l'eau et un peu de fin gravier jusqu'au moment où un bernard-l'hermite les choisira pour habitacle et s'y collera par la queue, ni même d'un immense corps de la même nature que le corps humain, ainsi qu'on pourrait encore l'imaginer en considérant dans les systèmes planétaires l'équivalent des systèmes moléculaires et en rapprochant le télescopique du microscopique.

Mais plutôt, d'une façon tout arbitraire et tour à tour, la forme des choses les plus particulières, les plus asymétriques et de réputation contingentes (et non pas seulement la forme mais toutes les caractéristiques, les particularités de couleurs, de parfums), comme par exemple une branche de lilas, une crevette dans l'aquarium naturel des roches au bout du môle du Grau-du-Roi, une serviette-éponge dans ma salle de bains, un trou de serrure avec une clef dedans.

Et à bon droit sans doute peut-on s'en moquer ou m'en demander compte aux asiles, mais j'y trouve tout mon bonheur.

1928.

Parvenu à un certain âge, l'on s'aperçoit que les sentiments qui vous apparaissaient comme l'effet d'un affranchissement absolu, dépassant la naïve révolte : la volonté de savoir jouer tous les rôles, et une préférence pour les rôles les plus communs parce qu'ils vous cachent mieux, rejoignent dangereusement ceux auxquels leur veulerie ou leur bassesse amènent vers la trentaine tous les bourgeois.

C'est alors de nouveau la révolte la plus naïve qui est méritoire.

Mais est-ce que de l'état d'esprit où l'on se tient en décidant de n'envisager plus les conséquences de ses actes, l'on ne risque pas de glisser insensiblement bientôt à celui où l'on ne tient compte d'aucun futur, même immédiat, où l'on ne tente plus rien, où l'on se laisse aller? Et si encore c'était soi qu'on laissait aller, mais ce sont les autres, les nourrices, la sagesse des nations, toute cette majorité à l'intérieur de *vous* qui vous fait ressembler aux autres, qui étouffe la voix du plus précieux.

Et pourtant, je le sais, tout peut tourner immédiatement au pire, c'est la mort à très bref délai si je décide un nouveau décollement, une vie libre, sans tenir compte d'aucune conséquence. Par malchance, par goût du pire, — et tout ce qui se déchaîne à chaque instant dans la rue... Dieu sait ce que je vais désirer! Quelle imagination va me saisir, quelle force m'entraîner!

Mais enfin, si se mettre ainsi à la disposition de son esprit, à la merci de ses impulsions morales, si rester capable de tout est assurément le plus difficile, demande le plus de courage, — peut-être n'est-ce pas une raison suffisante pour en faire le *devoir*.

A bas le mérite intellectuel! Voilà encore un cri de révolte acceptable.

Je ne voudrais pas en rester là, — et je préconiserai plutôt l'abrutissement dans un abus de technique, n'importe laquelle; bien entendu de préférence celle du langage, ou RHÉTORIQUE.

Quoi d'étonnant en effet à ce que ceux qui bafouillent, qui chantent ou qui *parlent* reprochent à la langue de ne rien savoir faire de propre? Ayons garde de nous en étonner. Il ne s'agit pas plus de parler que de chanter. « Qu'est-ce que la langue, lit-on dans Alcuin? C'est le fouet de l'air. » On peut être sûr qu'elle rendra un son si elle est conçue comme une arme. Il s'agit d'en faire l'instrument d'une volonté sans compromission, — sans hésitation ni murmure. Traitée d'une certaine manière la parole est assurément une façon de *sévir*.

1927.

Je doute que le véritable amour comporte du désir, de la ferveur, de la passion. Je ne doute pas qu'il ne puisse : NAITRE que d'une disposition à approuver quoi que ce soit, puis d'un abandon amical au hasard, ou aux usages du monde, pour vous conduire à telles ou telles rencontres; VIVRE que d'une application extrême dans chacune de ces rencontres à *ne pas gêner* l'objet de vos regards et à le laisser vivre comme s'il ne vous avait jamais rencontré; SE SATISFAIRE que d'une approbation aussi secrète qu'absolue, d'une adaptation si totale et si détaillée que vos paroles à jamais traitent tout le monde comme le traite cet objet par la place qu'il occupe, ses ressemblances, ses différences, toutes ses qualités; MOURIR enfin que par l'effet prolongé de cet effacement, de cette disparition complète à ses yeux — et par l'effet aussi de l'abandon confiant au hasard dont je parlais d'abord, qu'il vous conduise à telles ou telles rencontres ou vous en sépare aussi bien.

1928.

Il est une occupation à chaque instant en réserve à l'homme : c'est le regard-de-telle-sorte-qu'on-le-parle, la remarque de ce qui l'entoure et de son propre état au milieu de ce qui l'entoure.

Il reconnaîtra aussitôt l'importance de chaque chose, et la muette supplication, les muettes instances qu'elles font qu'on les parle, à leur valeur, et pour elles-mêmes, — en dehors de leur valeur habituelle de signification, — sans choix et pourtant avec mesure, mais quelle mesure : la leur propre.

1927.

FLOT

Flot, requiers pour ta marche un galet au sol terne
Qu'à vernir en ta source au premier pas tu perdes

1928

DE LA MODIFICATION DES CHOSES
PAR LA PAROLE

Le froid, tel qu'on le nomme après l'avoir reconnu à d'autres effets alentour, entre à l'onde, à quoi la glace se subroge.

De même les yeux, d'un seul coup, s'accommodent à une nouvelle étendue : par un mouvement d'ensemble nommé l'attention, par quoi un nouvel objet est fixé, se prend.

Cela est le résultat d'une attente, du calme : un résultat en même temps qu'un acte : en un mot, une modification.

A une, de même, onde, à un ensemble informe qui comble son contenu, ou tout au moins qui en épouse jusqu'à un certain niveau la forme, — par l'effet de l'attente, d'une accommodation, d'une sorte d'attention de même nature encore, peut entrer ce qui occasionnera sa modification : la parole.

La parole serait donc aux choses de l'esprit leur état

de rigueur, leur façon de se tenir d'aplomb hors de leur contenant. Cela une fois fait compris, l'on aura le loisir, et la jouissance, d'en étudier calmement, minutieusement, avec application les qualités décomptables.

La plus remarquable et qui saute aux yeux est une sorte de crue, d'augmentation de volume de la glace par rapport à l'onde, et le bris, par elle-même, du contenant naguère forme indispensable.

1929.

Voici ce que Sénèque m'a dit aujourd'hui :

Je suppose que le but soit l'anéantissement total du monde, de la demeure humaine, des villes et des champs, des montagnes et de la mer.

L'on pense d'abord au feu, et l'on traite les conservateurs de pompiers. On leur reproche d'éteindre le feu sacré de la destruction.

Alors, pour tenter d'annihiler leurs efforts, comme on a l'esprit absolu l'on s'en prend à leur « moyen » : on tente de mettre le feu à l'eau, à la mer.

Il faut être plus traître que cela. Il faut savoir trahir même ses propres moyens. Abandonner le feu qui n'est qu'un instrument brillant, mais contre l'eau inefficace. Entrer benoîtement aux pompiers. Et, sous prétexte de les aider à éteindre quelque feu destructeur, tout détruire sous une catastrophe des eaux. Tout inonder.

Le but d'anéantissement sera atteint, et les pompiers noyés par eux-mêmes.

Ainsi ridiculisons les paroles par la catastrophe, — l'abus simple des paroles.

1926.

DRAME DE L'EXPRESSION

Mes pensées les plus chères sont étrangères au monde, si peu que je les exprime lui paraissent étranges. Mais si je les exprimais tout à fait, elles pourraient lui devenir communes.

Hélas! Le puis-je? Elles me paraissent étranges à moi-même. J'ai bien dit : les plus chères...

Une suite (bizarre) de références aux idées, puis aux paroles, puis aux paroles, puis aux idées.

1926.

FABLE

Par le mot *par* commence donc ce texte
Dont la première ligne dit la vérité,
Mais ce tain sous l'une et l'autre
Peut-il être toléré?
Cher lecteur déjà tu juges
Là de nos difficultés...

(APRÈS *sept ans de malheurs*
Elle brisa son miroir.)

O draperies des mots, assemblages de l'art littéraire, ô massifs, ô pluriels, parterres de voyelles colorées, décors des lignes, ombres de la muette, boucles superbes des consonnes, architectures, fioritures des points et des signes brefs, à mon secours! au secours de l'homme qui ne sait plus danser, qui ne connaît plus le secret des gestes, et qui n'a plus le courage ni la science de l'expression directe par les mouvements.

Cependant, grâce à vous, réserves immobiles d'élans sentimentaux, réserves de passions communes sans doute à tous les civilisés de notre Age, je veux le croire, on peut me comprendre, je suis compris. Concentrez, détendez vos puissances, — et que l'éloquence à la lecture imprime autant de troubles et de désirs, de mouvements commençants, d'impulsions, que le microphone le plus sensible à l'oreille de l'écouteur. Un appareil, mais profondément sensible.

Divine nécessité de l'imperfection, divine présence de l'imparfait, du vice et de la mort dans les écrits, apportez-moi aussi votre secours. Que l'*impropriété* des termes permette une nouvelle induction de l'humain parmi des signes déjà trop détachés de lui et trop desséchés, trop prétentieux, trop plastronnants. Que toutes les abstractions soient intérieurement minées et comme fondues par cette secrète chaleur du vice, causée par le temps, par la mort, et par les défauts du génie. Enfin qu'on ne puisse croire sûrement à nulle existence, à nulle réalité, mais seulement à quelques profonds mouvements de l'air au passage des sons, à quelque merveilleuse décoration du papier ou du marbre par la trace du stylet.

O traces humaines à bout de bras, ô sons originaux, monuments de l'enfance de l'art, quasi imperceptibles modifications physiques, CARACTÈRES, objets mystérieux perceptibles par deux sens seulement et cependant plus réels, plus sympathiques que des signes, — je veux vous rapprocher de la substance et vous éloigner de la qualité. Je veux vous faire aimer pour vous-mêmes plutôt que pour votre signification. Enfin vous élever à une condition plus noble que celle de simples désignations.

1919.

P. ne veut pas que l'auteur sorte de son livre pour
aller voir comment ça fait du dehors.

Mais à quel moment sort-on? Faut-il écrire tout ce
qui est pensé à propos d'un sujet? Ne sort-on pas déjà
en faisant autre chose à propos de ce sujet que de l'écriture automatique?

Veut-il dire que l'auteur doive rester à l'intérieur et
déduire la réalité de la réalité? Découvrir en fouillant,
en piquant aux murs de la caverne? Enfin que le livre,
au contraire de la statue qu'on dégage du marbre, est
une chambre que l'on ouvre dans le roc, en restant à
l'intérieur?

Mais le livre alors est-il la chambre ou les matériaux
rejetés? Et d'ailleurs n'a-t-on pas vidé la chambre
comme l'on aurait dégagé la statue, *selon son goût,* qui est
tout extérieur, venu du dehors et de mille influences?

Non, il n'y a aucune dissociation possible de la personnalité créatrice et de la personnalité critique.

Même si je dis tout ce qui me passe par la tête, cela

a été travaillé en moi par toutes sortes d'influences extérieures : une vraie routine.

Cette identité de l'esprit créateur et du critique se prouve encore par l'« ANCH'IO SON' PITTORE » : c'est devant l'œuvre d'un autre, donc comme critique, que l'on s'est reconnu créateur.

*

Le plus intelligent me paraît être de revoir sa biographie, et corriger en accusant certains traits et généralisant. En somme noter certaines associations d'idées (et cela ne se peut parfaitement que sur soi-même) puis corriger cela, très peu, en donnant le titre, en faussant légèrement l'ensemble : voilà l'art. Dont l'éternité ne résulte que de l'*indifférence*.

Et tout cela ne vaut pas seulement pour le roman, mais pour toutes les sortes possibles d'écrits, pour tous les genres.

*

Le poète ne doit jamais proposer une pensée mais un objet, c'est-à-dire que même à la pensée il doit faire prendre une pose d'objet.

Le poème est un objet de jouissance proposé à l'homme, fait et posé spécialement pour lui. Cette intention ne doit pas faillir au poète.

C'est la pierre de touche du critique.

Il y a des règles de plaire, une éternité du goût, à cause des catégories de l'esprit humain. J'entends donc les plus générales des règles, et c'est à ARISTOTE que je pense. Certes quant à la métaphysique, et quant à la morale, je lui préfère, on le sait, PYRRHON ou MONTAIGNE , mais on a vu que je place l'esthétique à un autre niveau, et que tout en pratiquant les arts je pourrais dire par faiblesse ou par vice, j'y reconnais seulement des règles empiriques, comme une thérapeutique de l'intoxication.

1924.

L'AIGLE COMMUN

— Puisque je suis descendu parmi vous...
— Salut! Bravo! Nous t'entendons.
— Voilà l'effet de la première conjonction. O parole!
O mouvement regrettable de mes ailes, où, dans quelle
honte, à quelle basse région ne m'amènes-tu pas? Où
ne descendrai-je pas? Chaque syllabe m'alourdit, trouble
l'air, de chute en chute.

« Où es-tu, pur oiseau? Je ne suis plus moi. Comme
c'est mal. Je ne puis m'arrêter de parler, de descendre.
O inextricable filet! Chaque effort ajoute à ma chaîne.
Tout est perdu. O! Assez. Espaces du silence, que je
remonte! Mais non! Vous parlez tous. Qui parle? C'est
nous! O confusion! Je les vois tous. Je me vois tous.
Partout des glaces. »

Ainsi parle l'aigle commun.

1923.

L'IMPARFAIT

ou

LES POISSONS-VOLANTS

La scène est au-dessus des eaux.

Personnages :	APIO	Esprits de l'impar-
P	VOSCA	fait.
I	PASKO	Apparitions de
S	POSKI	poissons-volants,
C A	VASCO	ou du même :
V I O	IOPA	PISCAVIO.

APIO

« Oui, oui, présent! C'est beau, ça sent bien bon.

N. B. — Ces bouches ne peuvent parler que dans le présent (au-dessus des eaux), et ne peuvent parler que du souvenir (de sous les eaux). Elles n'en parlent donc qu'à l'imparfait, ou imparfaitement.

Mais tout de suite fuit : parfait, parfait, j'en quitte la suite.

Que voulez-vous? Un rêveur... »

« Ces petites têtes qui volent si haut, si vite, sont imbéciles.

Moi, c'est humain : je me sens retenu par tout ce que j'oublie.

Je veux, que voulez-vous, par lentes ambages, décrire dans l'air toute ma pensée. »

PASKO

« J'étais, j'étais en train sans trace d'épaissir l'air. Mes pareils se taisaient. Par deux grandes blessures ouvertes à leurs gorges ils respiraient mal. Leurs bras restaient soudés au buste, seules les mains aux hanches faiblement battaient.

Pourtant, s'ils commençaient à se mouvoir, dans les passages végétaux quelle vivacité singulière, dans les allées aux cieux quelle aisance de concert!

Aucune voix ne parvenait d'eux, même avec la plus extrême lenteur. »

POSKI

« Naturellement il y avait des poulains cabrés dans les branches, des chars articulés pour gravir les rochers.

Un vent fort lentement me poussait, circulait à travers les étages des cieux, où des parcs suspendus s'agitaient, recouvraient quelquefois au quartier des nuages immeubles les escaliers, les monumentales rocailles.

Nos pareils s'y cachaient, ils tenaient l'œil tout rond. Sans doute quand j'y pense Vénus naissait ailleurs. »

VASCO

« Inférieur, supérieur? Osé, qui signera?

A cet étage les paroles regrettent les espaces du silence sans en avoir l'air.

Hélas! Mon aile est imparfaite, quittons cette impossible songerie. »

IOPA

« Dites : le Souvenir se Présente à l'Imparfait, l'Habitude Marine, Piscavio peut-être?

— Non plus. »

1924.

NOTES D'UN POÈME

(sur Mallarmé)

Le langage ne se refuse qu'à une chose, c'est à faire aussi peu de bruit que le silence.

L'absence se manifeste encore par des loques (cf. Rimbaud). Tandis que n'importe quels signes, sauf peut-être ceux de l'absence, nous laissent absents.

Mallarmé n'est pas de ceux qui pensent mettre le silence aux paroles. Il a une haute idée du pouvoir du poète. Il trahit le bruit par le bruit.

Il ne décourage personne de l'ordre, de la folie.

Il a coffré le trésor de la justice, de la logique, de tout l'adjectif. Les magistrats de ces arts repasseront plus tard.

Moments où les proverbes ne suffisent plus. Après une certaine maladie, une certaine émeute, peur, bouleversement.

A ceux qui ne veulent plus d'arguments, qui ne se contentent plus des proverbes en fonte, des armes d'enferrement mutuel, Mallarmé offre une massue cloutée d'expressions-fixes, pour servir au coup-par-supériorité.

Il a créé un outil antilogique. Pour vivre, pour lire et écrire. Contre le gouvernement, les philosophes, les poètes-penseurs. Avec la dureté de leur matière logique.

A brandir Mallarmé le premier qui se brise est un disciple soufflé de verre.

Chaque désir d'expression poussé à maximité.

Poésie n'est point caprice si le moindre désir y fait maxime.

Non à tout prix l'*idée*, non à tout prix la *beauté*, la forme reconnue, mais ce qui mérite à la fois les éloges de l'esprit de recherche et les éloges de l'esprit de découverte.

Il y a autant de hasard d'appétition que de hasard d'imagination. Autant de hasard de « il faut vivre » que de hasard de « on ne peut vivre ».

Affranchissement non pas de l'imagination, du rêve, de la fuite des idées, mais affranchissement de l'appétition, du désir de vivre, de chaque caprice d'expression.

Nécessité purement cristalline, purement de formation.

N'importe quel hasard élevé au caractère de la fixité. Proverbes du gratuit. Folie, capable de victoire dans une discussion pratique.

Plus tard on en viendra à faire servir Mallarmé comme proverbes. En 1926 il n'a pas encore beaucoup servi. Sinon beaucoup aux poètes, pour se parler à eux-mêmes. Il s'est nommé et demeurera au littérateur pour socle d'attributs.

Malherbe, Corneille, Boileau voulaient plutôt dire « certainement ». La poésie de Mallarmé revient à dire simplement « Oui ». « Oui » à soi-même, à lui-même, chaque fois qu'il le désire.

Poète, non pour exprimer le silence.

Poète, pour couvrir les autres voix surprenantes du hasard.

1926.

Parce qu'on est tout seul dans son île (seul avec l'ombre de son sage), acteur maniaque de signaux que personne ne remarque, — c'est toujours par : « *Pitié ! Voyez ma maladresse* » qu'il faudrait s'essayer à se faire comprendre?

Non! (la dérive de mon sage est prête). C'est ma dernière provision d'orgueil que je flambe, — au lieu de m'en nourrir quelques heures de plus!

Je mettrai le feu à mon île! Non seulement aux végétations! Je me chaufferai à blanc jusqu'au roc! Jusqu'à l'inhabitable! J'allumerai peut-être un soleil!

« Le Verbe est Dieu! Je suis le Verbe! Il n'y a que le Verbe! »

(La dérive de l'ombre, dans la barque, est toujours prête, prête à ruer du bord.)

1925.

Le désastre se peint à l'aube
sur le pont du paquebot de secours
et le visage des hommes
sur le point de parler.

La terre, les poches pleines de cailloux,
à la barre des flots
proteste de par les cieux
qu'elle désavoue l'homme.

Lui, ne voit qu'écorces, épluchures,
fragments honteux de masques qui s'incurvent,
et décide d'avorter la Mémoire
mère des Muses.

L'ANTICHAMBRE

Présent à quelque jeu où l'ombre tolérée
Forte à questionner ne répond que par monstres
Accueille un visiteur qui t'étrangera mieux
Et par un front rebelle activera ton jeu.
Montre-toi connaisseur des façons de l'abord
Et dès ta porte ouverte afin qu'on ne s'éloigne
Hôte à tort ne te montre oublieux de promettre
Une lueur soudaine entre tes quatre murs.

Hiver 1925-1926.

LE JEUNE ARBRE

Ta rose distraite et trahie
Par un entourage d'insectes
Montre depuis sa robe ouverte
Un cœur par trop empiété.

Pour cette pomme l'on te rente
Et que t'importe quelqu'enfant
Fais de toi-même agitateur
Déchoir le fruit comme la fleur.

Quoiqu'encore malentendu
Et peut-être un peu bref contre eux
Parle! Dressé face à tes pères

Poète vêtu comme un arbre
Parle, parle contre le vent
Auteur d'un fort raisonnement.

Hiver 1925-1926.

Voici d'abord ce que j'eus soudain de noté :

« Distraite et même trahie par mille envolées d'insectes, chaque jeune fille mérite à peine un coup d'œil, à son con noir toujours par trop empiété.

N'importe quel jeune homme comme un arbre vêtu de rectangles de drap me semble beaucoup plus sympathique, parce qu'il ne songe qu'aux entrées dramatiques des souffles dans le jardin. »

Ce n'était que l'expression d'une opinion, trop farouche.

Durant plusieurs mois ensuite je m'acharnai afin d'obenir à partir de cela une *poésie* qui surprenne sans doute d'abord le lecteur aussi vivement ou aigûment que la Note, mais enfin surtout qui le *convainque;* qui se soutînt par tant de côtés que le lecteur critique enfin renonce, et admire. Serait-ce mieux? C'était difficile.

Enfin, par lassitude, distrait d'ailleurs par mille autres piqûres, injections de poésie, je ne m'en occupai plus, fort déprimé de n'avoir su en obtenir que ce qui suit :

Ta rose distraite et trahie
Par un entourage d'insectes
Offre depuis sa robe ouverte
Un cœur par trop empiété

Pour cette pomme l'on te rente
Mais que t'importe quelqu'enfant
Fais de toi-même agitateur
Déchoir le fruit comme la fleur.

Quoiqu'encore malentendu
Et peut-être un peu bref contre eux
Parle ! dressé face à tes pères

Jeune homme vêtu comme un arbre
Parle, parle contre le vent
Auteur d'un fort raisonnement.

J'avais compté d'abord beaucoup sur les mots. Jusqu'à ce qu'une espèce de corps me sembla sortir *plutôt de leurs lacunes.* Celui-là, lorsque je l'eus reconnu, je le portai au jour.

1928.

A : « Coryza authentique, pipe, et bulles d'eau. »
B : « Chemise molle... sed... (ici un trou)... le venin
s'allie aux quatre venins. — DANTE. »

Ces phrases ont été formées par moi en songe, m'y
semblant parfaitement belles et significatives.

Il me sembla chaque fois que j'avais trouvé comme
la pierre philosophale de la poésie. Il fallait que je la
ramène au jour. La difficulté consistant alors à effec-
tuer deux opérations à la fois : 1° me réveiller; 2° ne
pas perdre ma phrase en route. Exactement comme un
sauveteur.

Je ne conservais ces phrases qu'en les répétant à
chaque instant. Cette répétition n'était nullement mécanique. Il me fallait chaque fois faire un effort : en
même temps prononcer fermement chaque mot et toutefois le faire assez vite, parce qu'il semblait que les
mots s'éteignaient aussitôt que je les avais prononcés.
Le malheur était que les efforts de cette répétition
ne me laissaient, semblait-il, aucun loisir pour l'autre
besogne, qui était de sortir du songe, de remonter au jour.

Mais si je cessais de répéter ma phrase elle replongeait soit entière, soit par morceaux, dans un fond sombre, sorte de représentation de l'oubli. Alors que dans le moment précédent, où il me semblait possible de la saisir, elle se trouvait en pleine lumière. (Il y aurait donc un milieu lumineux, un *ciel* du songe.)

Il me fallait alors replonger moi-même, c'est-à-dire me rendormir plus profondément, et comme attendre, ou parfois rechercher. On aurait dit que c'était par une sorte de coup de pied au fond que les mots perdus revenaient, remontaient à ma conscience. Je devais les attendre toujours un temps, celui qui leur était nécessaire pour aller rebondir au fond.

Enfin, après de nombreux efforts, je parvins comme on l'a vu à ressortir ces deux phrases, la partie centrale de la phrase B s'étant toutefois effondrée sans retour.

Quant à la qualité de ces formules, je renonce à en tenter le jugement. Pourquoi me parurent-elles si belles, si décisives?

Tout ce qu'on peut remarquer est, semble-t-il, que dans la première (A) toutes les voyelles sont représentées. La seconde (B) est rendue plus bizarre du fait que je la considérais non pas seulement comme *digne* du Dante, mais effectivement comme une citation de ce poète, — et cependant j'en étais très fier.

1927.

Je me représente plutôt les poètes dans un lieu qu'à travers le temps.

Je ne considère pas que Malherbe, Boileau ou Mallarmé me précèdent, avec leur leçon. Mais plutôt je leur reconnais à l'intérieur de moi une place.

Et moi-même je n'ai pas d'autre place que dans ce lieu.

Il me semble qu'il suffit que je m'ajoute à eux pour que la littérature soit complète.

Ou plutôt : la difficulté est pour moi de m'ajouter à eux de telle façon que la littérature soit complète.

... Mais il suffit de n'être rien autre que moi-même.

1928.

De jour en jour la somme de *ce que je n'ai pas encore dit* grossit, fait boule de neige, porte ombrage à la signification pour autrui de la moindre parole que j'essaye alors de dire. Car, pour exprimer aucune nouvelle impression, fût-ce à moi-même, je me réfère, sans pouvoir faire autrement, bien que j'aie conscience de cette manie, à tout ce que je n'ai encore si peu que ce soit exprimé.

Malgré sa richesse et sa confusion, *je me retrouve* encore assez facilement dans le monde secret de ma contemplation et de mon imagination, et, quoique je me morfonde de m'y sentir, chaque fois que j'y pénètre de nouveau, comme dans une forêt étouffante où je ne puis à chaque instant admirer toutes choses à la fois et dans tous leurs détails, toutefois je jouis vivement de nombre de beautés, et parfois de leur confusion et de leur chevauchement même.

Mais si j'essaye de prendre la plume pour en décrire seulement un petit buisson, ou, de vive voix, d'en parler tant soit peu à quelque camarade, — malgré le travail épuisant que je fournis alors et la peine que je prends pour m'exprimer le plus simplement possible,

— le papier de mon bloc-notes ou l'esprit de mon ami reçoivent ces révélations comme un météore dans leur jardin, comme un étrange et quasi *impossible* caillou, d'une « qualité obscure » mais à propos duquel « ils ne peuvent même pas conquérir la moindre impression ».

Et cependant, comme je le montrerai peut-être un jour, le danger n'est pas dans cette forêt aussi grave encore que dans celle de mes réflexions d'ordre purement *logique*, où d'ailleurs personne à aucun moment n'a encore été introduit par moi (ni à vrai dire moi-même de sang-froid ou à l'état de veille)...

Hélas! aujourd'hui encore je recule épouvanté par l'énormité du rocher qu'il me faudrait déplacer pour déboucher ma porte...

Hiver 1928-1929.

A quel calme dans le désespoir je suis parvenu sous l'écorce la plus commune, nul ne peut le croire; nul ne s'y retrouve, car je ne lui en fournis pas le décor, ni aucune réplique : je parle seul.

Nul ne peut croire non plus à l'absolu creux de chaque rôle que je joue.

Plus d'intérêt aucun, plus d'importance aucune : tout me semble fragment de masque, fragment d'habitude, fragment du commun, nullement capital, des pelures d'aulx.

1924.

« Nous subissons la chose la plus insupportable qui soit. On cherche à nous couvrir de poux, de larves, de chenilles. On a peuplé l'air de microbes (Pasteur). Il y a maintenant dans l'eau pure à boire et à manger.

L'imprimé se multiplie. Et il y a des gens qui trouvent que tout cela ne grouille pas assez, qui font des vers, de la poésie, de la surréalité, qui en rajoutent.

Les rêves (il paraît que les rêves méritent d'entrer en danse, qu'il vaut mieux ne pas les oublier). Les réincarnations, les paradis, les enfers, enfin quoi : après la vie, la mort encore à vivre ! »

1926.

Celui qui crève les cercueils à coups de talons de souliers ou d'autre chose, par définition c'est un ange.

Cet ange-là — que veux-tu que j'y fasse? — je
l'emm... comme les autres.

Rimbaud, Vaché, Loti, Dupneu, Barrès et France... :
il n'y a pas à dire : quand on parle, ça découvre les
dents.

Viens sur moi : j'aime mieux t'embrasser sur la
bouche, amour de lecteur.

1929.

MON ARBRE

Mon arbre dans un siècle encor malentendu,
Dressé dans la forêt des raisons éternelles
Grandira lentement, se pourvoira de feuilles,
A l'égal des plus grands sera tard reconnu.

Mais alors, il fera l'orage ou le silence,
Sa voix contre le vent aura cent arguments,
Et s'il semble agité par de nouveaux tourments,
C'est qu'il voudra plutôt se débarrasser de son trop de
[science.

1926.

PROSPECTUS DISTRIBUÉS PAR
UN FANTÔME

La fortune des poésies ressemble beaucoup à celle de ces horoscopes dérisoires qu'une sorte de messagers magnifique pose sur les tables des consommateurs aux terrasses des cafés.

Feuilles roses de l'arbuste « besoin d'argent », ce commerce est de loin le seul honorable.

« Personne d'ailleurs n'est tenu de lire. » A cette épreuve les idiots et les brutes se font vite reconnaître. Qu'ils décachètent, ne décachètent pas, lisent, ne lisent pas, ou payent sans avoir lu, ils s'imaginent faire l'aumône, alors que, sur le point de reprendre l'air sérieux pour acheter d'un camelot beaucoup mieux noté par la police les ignobles torchons du Sentier ou d'ailleurs, — des mains paresseuses de ceux-là, de ces magnifiques simulateurs, de ces fugitifs et dédaigneux informateurs aux bouches closes, sous la forme parfaitement vague et décevante qui leur convient, manifestement ils la reçoivent.

1930.

L'ordre de choses honteux à Paris crève les yeux, défonce les oreilles.

Chaque nuit, sans doute, dans les quartiers sombres où la circulation cesse quelques heures, l'on peut l'oublier. Mais dès le petit jour il s'impose physiquement par une précipitation, un tumulte, un ton si excessif, qu'il ne peut demeurer aucun doute sur sa *monstruosité*.

Ces ruées de camions et d'autos, ces quartiers qui ne logent plus personne mais seulement des marchandises ou les dossiers des compagnies qui les transportent, ces rues où le miel de la production coule à flots, où il ne s'agit plus jamais d'autre chose, pour nos amis de lycée qui sautèrent à pieds joints de la philosophie et une fois pour toutes dans les huiles ou le camembert, cette autre sorte d'hommes qui ne sont connus que par leurs collections, ceux qui se tuent pour avoir été « ruinés », ces gouvernements d'affairistes et de marchands, *passe encore*, si l'on ne nous obligeait pas à y prendre part, si l'on ne nous y maintenait pas de force la tête, si tout cela ne parlait pas si fort, si cela n'était pas seul à parler.

Hélas, pour comble d'horreur, *à l'intérieur de nous-mêmes*, le même ordre sordide parle, parce que nous n'avons pas à notre disposition d'autres mots ni d'autres grands mots (ou phrases, c'est-à-dire d'autres idées) que ceux qu'un usage journalier dans ce monde grossier depuis l'éternité prostitue. Tout se passe pour nous comme pour des peintres qui n'auraient à leur disposition pour y tremper leurs pinceaux qu'un même immense pot où depuis la nuit des temps tous auraient eu à délayer leurs couleurs.

... Mais déjà d'en avoir pris conscience l'on est à peu près sauvé, et il ne reste plus qu'à se crever d'imitations, de fards, de rubriques, de procédés, à arranger des fautes selon les principes du mauvais goût, enfin à tenter de faire apparaître l'idée en filigrane par des ruses d'éclairage au milieu de ce jeu épuisant d'*abus mutuels*. Il ne s'agit pas de nettoyer les écuries d'Augias, mais de les peindre à fresque au moyen de leur propre purin : travail émouvant et qui demande un cœur mieux accroché et plus de finesse et de persévérance qu'il n'en fut exigé d'Hercule pour son travail de simple et grossière *moralité*.

1929-1930.

RHÉTORIQUE

Je suppose qu'il s'agit de sauver quelques jeunes hommes du suicide et quelques autres de l'entrée aux flics ou aux pompiers. Je pense à ceux qui se suicident par dégoût, parce qu'ils trouvent que « *les autres* » ont trop de part en eux-mêmes.

On peut leur dire : donnez tout au moins *la parole* à la minorité de vous-mêmes. Soyez poètes. Ils répondront : mais c'est là surtout, c'est là encore que je sens les autres en moi-même, lorsque je cherche à m'exprimer je n'y parviens pas. Les paroles sont toutes faites et s'expriment : elles ne m'expriment point. Là encore j'étouffe.

C'est alors qu'enseigner l'art de *résister aux paroles* devient utile, l'art de ne dire que ce que l'on veut dire, l'art de les violenter et de les soumettre. Somme toute fonder une rhétorique, ou plutôt apprendre à chacun l'art de fonder sa propre rhétorique, est une œuvre de salut public.

Cela sauve les seules, les rares personnes qu'il importe de sauver : celles qui ont la conscience et le souci et le dégoût des autres en eux-mêmes.

Celles qui peuvent faire avancer l'esprit, et à proprement parler changer la face des choses.

1929-1930.

Je ne peux m'expliquer rien au monde que d'une seule façon : par le désespoir. Dans ce monde que je ne comprends pas, dont je ne peux rien admettre, où je ne peux rien désirer (nous sommes trop loin de compte), je suis obligé par surcroît à une certaine tenue, à peu près n'importe laquelle, mais une tenue. Mais alors si je suppose à tout le monde le même handicap, la tenue incompréhensible de tout ce monde s'explique : par le hasard des poses où vous force le désespoir.

Exactement comme au jeu du chat perché. Sur un seul pied, sur n'importe quoi, mais pas à terre : il faut être perché, même en équilibre instable, lorsque le chasseur passe. Faute de quoi il vous touche : c'est alors la mort ou la folie.

Ou comme quelqu'un surpris fait n'importe quel geste : voilà à tout moment votre sort. Il faut à tout moment répondre quelque chose alors qu'on ne comprend rien à rien; décider n'importe quoi, alors qu'on ne compte sur rien; agir, sans aucune confiance. Point de répit. Il faut « n'avoir l'air de rien », être perché. Et cela dure! Quand on n'a plus envie de jouer, ce n'est pas drôle. Mais alors tout s'explique : le caractère idiot, saugrenu, de tout

158

au monde : même les tramways, l'école de Saint-Cyr, et plusieurs autres institutions. Quelque chose s'est changé, s'est figé en cela, subitement, au hasard, pourchassé par le désespoir. Oh! s'il suffisait de s'allonger par terre, pour dormir, pour mourir. Si l'on pouvait se refuser à toute contenance! Mais le passage du chasseur est irrésistible : *il faut*, quoiqu'on ne sache pas à quelle force l'on obéit, il faut se lever, sauter dans une niche, prendre des postures idiotes.

... Mais il est peut-être une pose possible qui consiste à dénoncer à chaque instant cette tyrannie : je ne rebondirai jamais que dans la pose du *révolutionnaire* ou du *poète*.

1929-1930.

« Il ne s'agit pas tant de connaître que de naître. L'amour-propre et la prétention sont les principales vertus. »

Les statues se réveilleront un jour en ville avec un bâillon de tissu-éponge entre les cuisses. Alors les femmes arracheront le leur et le jetteront aux orties. Leurs corps, fiers jadis de leur blancheur et d'être sans issue vingt-cinq jours sur trente, laisseront voir le sang couler jusqu'aux chevilles : ils se montreront *en beauté.*

Ainsi sera communiquée à tous, par la vision d'une réalité un peu plus importante que la rondeur ou que la fermeté des seins, la terreur qui saisit les petites filles la première fois.

Toute idée de forme pure en sera définitivement souillée.

Les hommes qui courront derrière l'autobus ce jour-là manqueront la marche et se briseront la tête sur le pavé.

Cette année-là, il y aura des *oiseaux* de Pâques.

Quant aux poissons d'avril on en mangera les filets froids à la vinaigrette.

Alors les palmes se relèveront, les palmes écrasées jadis par la procession des ânes du Christ.

De tous les corps, nus comme haricots pour sac de cuisine, un germe jaillira par le haut : la liberté, verte et fourchue. Tandis que dans le sol plongeront les racines, pâles d'émotion.

Puis ce sera l'été, le profond, le chaleureux équilibre. Et l'on ne distinguera plus aucun corps. Plus qu'une ample moisson comme une chevelure, tous les violons d'accord.

Tout alors ondoie. Tout psalmodie fortement ces paroles :

« Il ne s'agit pas tant d'une révolution que d'une révolution et demie. Et que tout le monde à la fin se retrouve sur la tête. »

Une tête noire et terrible, pleine de conséquences en petits grains pour les prés.

Un grief, une haute rancune que n'impressionne plus aucun coup de trompettes sonnant la dislocation des fleurs.

1930.

DES RAISONS D'ÉCRIRE

I

Qu'on s'en persuade : il nous a bien fallu quelques raisons impérieuses pour devenir ou pour rester poètes. Notre premier mobile fut sans doute le dégoût de ce qu'on nous oblige à penser et à dire, de ce à quoi notre nature d'hommes nous force à prendre part.

Honteux de l'arrangement tel qu'il est des choses, honteux de tous ces grossiers camions qui passent *en nous*, de ces usines, manufactures, magasins, théâtres, monuments publics qui constituent *bien plus* que le décor de notre vie, honteux de cette agitation sordide des hommes non seulement *autour* de nous, nous avons observé que la Nature autrement puissante que les hommes fait dix fois moins de bruit, et que la nature *dans l'homme*, je veux dire la raison, n'en fait pas du tout.

Eh bien! Ne serait-ce qu'à nous-mêmes nous voulons faire entendre la voix d'un homme. Dans le silence certes nous l'entendons, mais dans les paroles nous la cherchons : *ce* n'est plus rien. *C'*est des paroles. Même pas : paroles sont paroles.

O hommes! Informes mollusques, foule qui sort dans

les rues, millions de fourmis que les pieds du Temps écrasent! Vous n'avez pour demeure que la vapeur commune de votre véritable sang : les paroles. Votre rumination vous écœure, votre respiration vous étouffe. Votre personnalité et vos expressions se mangent entre elles. Telles paroles, telles mœurs, ô société! Tout n'est que paroles.

II

N'en déplaise aux *paroles* elles-mêmes, *étant données les habitudes que dans tant de bouches infectes elles ont contractées*, il faut un certain courage pour se décider non seulement à écrire mais même à parler. *Un tas de vieux chiffons pas à prendre avec des pincettes, voilà ce qu'on nous offre à remuer, à secouer, à changer de place. Dans l'espoir secret que nous nous tairons.* Eh bien! relevons le défi.

Pourquoi, tout bien considéré, un homme de telle sorte doit-il parler? Pourquoi les meilleurs, quoi qu'on en dise, ne sont pas ceux qui ont décidé de se taire? Voilà ce que je veux dire.

Je ne parle qu'à ceux qui se taisent (un travail de suscitation), quitte à les juger ensuite sur leurs paroles. Mais si cela même n'avait pas été dit on aurait pu me croire solidaire d'un pareil ordre de choses.

Cela ne m'importerait guère si je ne savais par expérience que je risquerais ainsi de le devenir.

Qu'il faut à chaque instant *se secouer de la suie des paroles* et que *le silence est aussi dangereux dans cet ordre de valeurs que possible.*

Une seule issue : parler contre les paroles. Les entraîner avec soi dans la honte où elles nous conduisent de

163

telle sorte qu'elles s'y défigurent. Il n'y a *point d'autre raison d'écrire.* Mais *aussitôt conçue* celle-ci est absolument déterminante et comminatoire. On ne peut plus y échapper que par une lâcheté rabaissante qu'il n'est pas de mon goût de tolérer.

1929-1930.

L'esprit, dont on peut dire qu'il s'abîme d'abord aux choses (qui ne sont que *riens*) dans leur contemplation, renaît, par la nomination de leurs qualités, telles que lorsqu'au lieu de lui ce sont elles qui les proposent.

Hors de ma fausse personne c'est aux objets, aux choses du temps que je rapporte mon bonheur lorsque l'attention que je leur porte les forme dans mon esprit comme des compos de qualités, de façons-de-se-comporter propres à chacun d'eux, fort inattendus, sans aucun rapport avec nos propres façons de nous comporter jusqu'à eux. Alors, ô vertus, ô modèles possibles-tout-à-coup, que je vais découvrir, où l'esprit tout nouvellement s'exerce et s'adore.

1927.

L'on devrait pouvoir à tous poèmes donner ce titre : Raisons de vivre heureux. Pour moi du moins, ceux que j'écris sont chacun comme la note que j'essaie de prendre, lorsque d'une méditation ou d'une contemplation jaillit en mon corps la fusée de quelques mots qui le rafraîchit et le décide à vivre quelques jours encore. Si je pousse plus loin l'analyse, je trouve qu'il n'y a point d'autre raison de vivre que parce qu'il y a d'abord les dons du souvenir, et la faculté de s'arrêter pour jouir du présent, ce qui revient à considérer ce présent comme l'on considère la première fois les souvenirs : c'est-à-dire, garder la jouissance présomptive d'une *raison* à l'état vif ou cru, quand elle vient d'être découverte au milieu des circonstances uniques qui l'entourent à la même seconde. Voilà le mobile qui me fait saisir mon crayon. (Étant entendu que l'on ne désire sans doute conserver une *raison* que parce qu'elle est *pratique*, comme un nouvel outil sur notre établi). Et maintenant il me faut dire encore que ce que j'appelle une raison pourra sembler à d'autres une simple description ou relation, ou peinture désintéressée et inutile. Voici comment je me justifierai : Puisque la joie m'est venue par la contemplation, le retour de la joie peut bien m'être donné par la peinture. Ces retours de la joie, ces rafraîchissements à la mémoire des objets de sensations, voilà exactement ce que j'appelle raisons de vivre.

Si je les nomme raisons c'est que ce sont des retours de l'esprit aux choses. Il n'y a que l'esprit pour rafraîchir les choses. Notons d'ailleurs que ces raisons sont justes ou valables seulement si l'esprit retourne aux choses d'une manière acceptable par les choses : quand elles ne sont pas lésées, et pour ainsi dire qu'elles sont décrites de leur propre point de vue.

Mais ceci est un terme, ou une perfection, impossible. Si cela pouvait s'atteindre, chaque poème plairait à tous et à chacun, à tous et à chaque moment comme plaisent et frappent les objets de sensations eux-mêmes. Mais cela ne se peut pas : Il y a toujours du rapport à l'homme... Ce ne sont pas les choses qui parlent entre elles mais les hommes entre eux qui parlent des choses et l'on ne peut aucunement sortir de l'homme.

Du moins, par un pétrissage, un primordial irrespect des mots, etc., devra-t-on donner l'impression d'un nouvel idiome qui produira l'effet de surprise et de nouveauté des objets de sensations eux-mêmes.

C'est ainsi que l'œuvre complète d'un auteur plus tard pourra à son tour être considérée comme une chose. Mais si l'on pensait rigoureusement selon l'idée précédente, il faudrait non point même une rhétorique par auteur mais une rhétorique par poème. Et à notre époque nous voyons des efforts en ce sens (dont les auteurs sont Picasso, Stravinsky, moi-même : et dans chaque auteur une manière par an ou par œuvre).

Le sujet, le poème de chacune de ces périodes correspondant évidemment à l'essentiel de l'homme à chacun de ses âges; comme les successives écorces d'un arbre, se détachant par l'effort naturel de l'arbre à chaque époque.

1928-1929.

Mal renseignés comme nous le sommes par leurs expressions sur le coefficient de joie ou de malheur qui affecte la vie des créatures du monde animé, qui, malgré sa volonté de parler d'elles, n'éprouverait au moment de le faire un serrement du cœur et de la gorge se traduisant par une lenteur et une prudence extrêmes de la démarche intellectuelle, ne mériterait aucunement qu'on le suive, ni, par suite, qu'on accepte sa leçon.

Alors qu'à peu près tous les êtres à rangs profonds qui nous entourent sont condamnés au silence, ce n'est pas comme il s'agit d'eux un flot de paroles qui convient; une allure ivre ou ravie non plus, quand la moitié au moins enchaînée au sol par des racines est privée même des gestes, et ne peut attirer l'attention que par des poses, lentement, avec peine, et une fois pour toutes contractées.

Il semble d'ailleurs, *a priori*, qu'un ton funèbre ou mélancolique ne doive pas mieux convenir, ou du moins ne faudrait-il pas qu'il soit l'effet d'une prévention systématique. Le scrupule ici doit venir du désir d'être juste envers un créateur possible, ou des raisons immanentes, dont on nous a dès l'enfance soigneusement avertis, et dont la religion, forte dans l'esprit de beaucoup de générations de penseurs respectables, est née du besoin de justifier l'apparent désordre de l'univers par l'affirmation d'un ordre ou la confiance en des desseins supérieurs, que le petit esprit de chacun serait incapable de discerner. Or, la faiblesse de notre esprit... il faut bien avouer que la chose est possible : nous en avons assez de signes manifestes au cours de notre lutte même avec nos moyens d'expression.

Et pourtant, bien que nous devions nous défier peut-être d'un penchant à dramatiser les choses, et à nous représenter la nature comme un enfer, certaines constatations dès l'abord peuvent bien justifier chez le spectateur une appréhension funeste.

Il semble qu'à considérer les êtres du point de vue où leur période d'*existence* peut être saisie tout entière d'un seul coup d'œil intellectuel, les événements les plus importants de cette existence, c'est-à-dire les circonstances de leur naissance et de leur mort, prouvent une propension fâcheuse de la Nature à assurer la subsistance de ses créatures aux dépens les unes des autres, — qui ne saurait avoir pour conséquence chez chacune d'entre elles que la douleur et les passions.

Je veux bien que du point de vue de chaque être sa naissance et sa mort soient des événements presque négligeables, du moins dont la considération est pratiquement négligée. J'accepte encore que pour toute mère enfanter dans la douleur soit une piètre punition, très rapidement oubliée.

Aussi n'est-ce pas de telles douleurs, ni celles qui sont dues à tels accidents ou maladies, qu'il serait juste de reprocher à la Nature, mais des douleurs autrement plus graves : celles que provoque chez toute créature le sentiment de sa *non-justification*, celles par exemple chez l'homme qui le conduisent au suicide, celles chez les végétaux qui les conduisent *à leurs formes*...

... Une apparence de calme, de sérénité, d'équilibre dans l'ensemble de la création, une perfection dans l'organisation de chaque créature qui peut laisser supposer comme conséquence sa béatitude; mais un désordre inouï dans la distribution sur la surface du globe des espèces et des essences, d'incessants sacrifices, une mutilation du possible, qui laissent aussi bien supposer ressentis les malheurs de la guerre et de l'anarchie : tout au premier abord dans la nature contribue à plonger l'observateur dans une grave perplexité.

Il faut être juste. Rien n'explique, sinon une mégalomanie de création, la profusion d'individus accomplis de même type dans chaque espèce. Rien n'explique chez chaque individu l'arrêt de la croissance : un équilibre? Mais alors pourquoi peu à peu se défait-il?

. . . .

Et puis donc, aussi bien, qu'il est de nature de l'homme d'élever la voix au milieu de la foule des choses silencieuses, qu'il le fasse du moins parfois à leur propos...

1931.

STROPHE

Qu'une émeute affluant d'audace et de scrupules
Au Louvre du parler se massacre et s'emmure,
O de quelle rigueur perpétrant ta rupture,
Sobre jarre à teneur de toute la nature,
Nœud par nœud en ton for espéré-je la crue,
Strophe! Heureux, subrogée à ton urne abattue,
A de tacites bords lorsque tu prends tournure...

Non! Quoique de mon corps j'aie acharné ce leurre,
Faucons à d'autres buts lâchez-moi tout à l'heure,
Hardis par ce déboire aux tournois de la nue!

Comme après tout si je consens à l'existence c'est à condition de l'accepter pleinement, en tant qu'elle remet tout en question; quels d'ailleurs et si faibles que soient mes moyens comme ils sont évidemment plutôt d'ordre littéraire et rhétorique; je ne vois pas pourquoi je ne commencerais pas, arbitrairement, par montrer qu'à propos des choses les plus simples il est possible de faire des discours infinis entièrement composés de déclarations inédites, enfin qu'à propos de n'importe quoi non seulement tout n'est pas dit, mais à peu près tout reste à dire.

Il est tout de même à plusieurs points de vue insupportable de penser dans quel infime manège depuis des siècles tournent les paroles, l'esprit, enfin la réalité de l'homme. Il suffit pour s'en rendre compte de fixer son attention sur le premier objet venu : on s'apercevra aussitôt que personne ne l'a jamais observé, et qu'à son propos les choses les plus élémentaires restent à dire. Et j'entends bien que sans doute pour l'homme il ne s'agit pas *essentiellement* d'observer et de décrire des objets, mais enfin cela est un signe, et des plus nets. A quoi donc s'occupe-t-on? Certes à tout, sauf à changer d'atmosphère intellectuelle, à sortir des poussiéreux salons où s'ennuie à mourir tout ce qu'il y a de vivant dans l'esprit, à progresser — enfin! — non seulement par les pensées, mais par les facultés, les sentiments, les sensations, et somme toute à accroître *la quantité de ses qualités.* Car des millions de sentiments, par exemple, aussi différents du petit catalogue de ceux qu'éprouvent actuellement les hommes les plus sensibles, sont à connaître, sont à éprouver. Mais non! L'homme se contentera longtemps encore d'être « fier » ou « humble », « sincère » ou « hypocrite », « gai » ou « triste », « malade » ou « bien portant », « bon » ou « méchant », « propre » ou « sale », « durable » ou « éphémère », etc., avec toutes les combinaisons possibles de ces pitoyables qualités.

Eh bien! Je tiens à dire quant à moi que je suis bien autre chose, et par exemple qu'en dehors de toutes les qualités que je possède en commun avec le rat, le lion et le filet, je prétends à celles du diamant, et je me solidarise d'ailleurs entièrement aussi bien avec la mer qu'avec la falaise qu'elle attaque et avec le galet qui s'en trouve par la suite créé, et dont l'on trouvera à titre d'exemple ci-dessous la description essayée, sans préjuger de toutes les qualités dont je compte bien que la contemplation et la nomination d'objets extrêmement différents me feront prendre conscience et jouissance effective par la suite.

*

A tout désir d'évasion, opposer la contemplation et ses ressources. Inutile de partir : se transférer aux choses, qui vous comblent d'impressions nouvelles, vous proposent un million de qualités inédites.

Personnellement ce sont les distractions qui me gênent, c'est en prison ou en cellule, seul à la campagne que je m'ennuierais le moins. Partout ailleurs, et quoi que je fasse, j'ai l'impression de perdre mon temps. Même, la richesse de propositions contenues dans le moindre objet est si grande, que je ne conçois pas encore la possibilité de rendre compte d'aucune autre chose que des plus simples : une pierre, une herbe, le feu, un morceau de bois, un morceau de viande.

Les spectacles qui paraîtraient à d'autres les moins compliqués, comme par exemple simplement le visage d'un homme sur le point de parler, ou d'un homme qui dort, ou n'importe quelle manifestation d'activité chez un être vivant, me semblent encore de beaucoup trop difficiles et chargés de significations inédites (à découvrir, puis à relier dialectiquement) pour que je puisse songer à m'y atteler de longtemps. Dès lors, comment pourrais-je décrire une scène, faire la critique d'un spectacle ou d'une œuvre d'art? Je n'ai là-dessus aucune opinion, n'en pouvant même conquérir la moindre impression un peu juste, ou complète.

*

Tout le secret du bonheur du contemplateur est dans son refus de considérer *comme un mal* l'envahissement de sa personnalité par les choses. Pour éviter que cela tourne au mysticisme, il faut : 1º se rendre compte précisément, c'est-à-dire expressément, de chacune des choses dont on a fait l'objet de sa contemplation; 2º changer assez souvent d'objet de contemplation, et en somme garder une certaine mesure. Mais le plus important pour la santé du contemplateur est la *nomination*, au fur et à mesure, de toutes les qualités qu'il découvre; il ne faut pas que ces qualités, qui le TRANSPORTENT, le transportent plus loin que leur expression mesurée et exacte.

*

Je propose à chacun l'ouverture de trappes intérieures, un voyage dans l'épaisseur des choses, une invasion de qualités, une révolution ou une subversion comparable à celle qu'opère la charrue ou la pelle, lorsque, tout à coup et pour la première fois, sont mises au jour des millions de parcelles, de paillettes, de racines, de vers et de petites bêtes jusqu'alors enfouies. O ressources infinies de l'épaisseur des choses, *rendues* par les ressources infinies de l'épaisseur sémantique des mots!

*

La contemplation d'objets précis est aussi un repos, mais c'est un repos privilégié, comme ce repos perpétuel des plantes adultes, qui porte des fruits. Fruits spéciaux, empruntés autant à l'air ou au milieu ambiant, au moins pour la forme à laquelle ils sont limités et les couleurs que par opposition ils en prennent, qu'à la personne qui en fournit la substance; et c'est ainsi qu'ils se différencient des fruits d'un autre repos, le sommeil, qui sont nommés les rêves, uniquement formés par la personne, et, par conséquence, indéfinis, informes, et sans utlité : c'est pourquoi ils ne sont pas véritablement des fruits.

Ainsi donc, si ridiculement prétentieux qu'il puisse paraître, voici quel est à peu près mon dessein : je voudrais écrire une sorte de *De natura rerum*. On voit bien la différence avec les poètes contemporains : ce ne sont pas des poèmes que je veux composer, mais une seule cosmogonie.

Mais comment rendre ce dessein possible? Je considère l'état actuel des sciences : des bibliothèques entières sur chaque partie de chacune d'elles... Faudrait-il donc que je commence par les lire, et les apprendre? Plusieurs vies n'y suffiraient pas. Au milieu de l'énorme étendue et quantité des connaissances acquises par chaque science, du nombre accru des sciences, nous sommes perdus. Le meilleur parti à prendre est donc de considérer toutes choses comme inconnues, et de se promener ou de s'étendre sous bois ou sur l'herbe, et de reprendre tout du début.

*

Exemple du peu d'épaisseur des choses dans l'esprit des hommes jusqu'à moi : du *galet,* ou de la pierre, voici ce que j'ai trouvé qu'on pense, ou qu'on a pensé de plus original :

Un cœur de pierre (Diderot);
Uniforme et plat galet (Diderot);
Je méprise cette poussière qui me compose et qui vous parle (Saint-Just);
Si j'ai du goût ce n'est guère
Que pour la terre et les pierres (Rimbaud).

Eh bien! Pierre, galet, poussière, occasion de sentiments si communs quoique si contradictoires, je ne te
juge pas si rapidement, car je désire te juger à ta
valeur : et tu me serviras, et tu serviras dès lors aux
hommes à bien d'autres expressions, tu leur fourniras
pour leurs discussions entre eux ou avec eux-mêmes
bien d'autres arguments; même, si j'ai assez de talent,
tu les armeras de quelques nouveaux proverbes ou lieux
communs : voilà toute mon ambition.

1933.

II

PAGES BIS

I. RÉFLEXIONS EN LISANT
« L'ESSAI SUR L'ABSURDE » [1]

26-27 août 1941.

Il ne recense pas parmi les « thèmes de l'absurde » l'un des plus importants (le plus important historiquement pour moi), celui de l'infidélité des moyens d'expression, celui de l'impossibilité pour l'homme non seulement de s'exprimer mais d'exprimer n'importe quoi.

C'est le thème si bien mis en évidence par Jean Paulhan et c'est celui que *j'ai vécu*.

Il y est fait une allusion seulement au moment de la citation de Kierkegaard (que je ne connaissais pas!) : « Le plus sûr des mutismes n'est pas de se taire, mais de parler », vérité (?) que j'ai réinventée, sortie de mon propre fonds, lorsque j'ai écrit vers 1925 : « Quelconque de ma part la parole me garde mieux que le silence. Ma tête de mort paraîtra dupe de son expression. Cela n'arrivait pas à Yorick quand il parlait. » Historiquement voici ce qui s'est passé dans mon esprit :

1º J'ai reconnu l'impossibilité de m'exprimer;

1. *Le Mythe de Sisyphe*, d'Albert Camus, fut communiqué en manuscrit à l'auteur par l'intermédiaire de Pascal Pia.

2º Je me suis rabattu sur la tentative de description des choses (mais aussitôt j'ai voulu les transcender!);

3º J'ai reconnu (récemment) l'impossibilité non seulement d'exprimer mais de décrire les choses.

Ma démarche en est à ce point. Je puis donc soit décider de me taire, mais cela ne me convient pas : l'on ne se résout pas à l'abrutissement.

Soit décider de publier des descriptions ou relations *d'échecs de description.*

En termes camusiens, lorsque le poème m'est pressant, c'est la *nostalgie.* Il faut la satisfaire, s'épancher (ou tenter de décrire).

Naturellement je m'aperçois vite que je ne parviens pas à mes fins.

A ce moment-là, je commence à me taire.

Quand j'ai pris mon parti de l'Absurde, il me reste à publier la relation de mon échec. Sous une forme plaisante, autant que possible. D'ailleurs l'échec n'est jamais absolu.

*

Car il y a une notion qui n'intervient jamais dans l'essai de Camus, c'est celle de mesure (quand je dis jamais, c'est très faux. D'abord elle est dans l'épigraphe, où il est question du « possible » — dans certains autres passages aussi, où il reconnaît une valeur *relative* à la raison). Toute la question est là. Dans une certaine mesure, dans certaines mesures, la raison obtient des succès, des résultats. De même il y a des succès *relatifs* d'expression.

La sagesse est de se contenter de cela, de ne pas se rendre malade de nostalgie.

Transposant la parole de Littré : « Il faut concevoir

son œuvre comme si l'on était immortel et y travailler comme si l'on devait mourir demain », l'on pourrait dire :

Il faut concevoir son œuvre comme · si l'on était capable d'expression, de communion, etc., c'est-à-dire comme si l'on était Dieu, et y travailler ou plutôt l'*achever*, la limiter, la circonscrire, la détacher de soi comme si l'on se moquait ensuite de sa nostalgie d'absolu : voilà comment être véritablement un homme. Lorsqu'à propos du don-juanisme Camus écrit qu'il faut épuisèr le champ du possible, il sait bien pourtant que l'on n'*épuise* jamais la plus petite parcelle du champ.

Lorsqu'il évoque la possibilité de cinquante maîtresses, il sait bien qu'on n'en possède jamais absolument une seule.

S'il s'agit du résultat qui consiste à obtenir l'abandon momentané d'une maîtresse, comparable à celui qu'on obtient de son voisin de table en prononçant les mots : passez-moi du sel (et un tel résultat suffit bien — qu'on m'entende — à justifier le langage) alors nous sommes d'accord.

C'est bien un résultat, un très important résultat. Mais il ne faudrait pas, comme il semble le faire quand il critique l'interprétation de Don Juan comme un perpétuel insatisfait, laisser croire que Don Juan satisfasse une besoin d'absolu. Il obtient un résultat pratique, voilà tout : 1º son propre orgasme; 2º l'exhibition de son orgasme; 3º l'orgasme de sa partenaire; 4º la contemplation de cet orgasme. C'est déjà grand-chose, nous sommes d'accord.

Mais en termes camusiens la nostalgie, c'est l'amour, la communion impossible (et *permanente* encore plus impossible) des deux êtres.

Or c'est cette nostalgie qui a poussé Don Juan vers telle ou telle femme.

— Mais non! mais non! cette nostalgie est la sublimation morbide, la bovarysation de l'instinct sexuel. Et justement Don Juan est sain de ne s'y pas laisser aller.

*

En un sens, rien de plus utile que cette critique de Kierkegaard, Chestov, Husserl :

« Le but du raisonnement que nous poursuivons ici est d'éclaircir la démarche de l'esprit lorsque, parti d'une philosophie de la non-signification du monde, il finit par lui trouver un sens et une profondeur » (page 43).

J'aboutirais volontiers pour ma part, en termes camusiens, à une formule comme la suivante :

Sisyphe heureux, oui, non seulement parce qu'il dévisage sa destinée, mais parce que ses efforts aboutissent à des résultats relatifs très importants.

Certes, il n'arrivera pas à *caler* son rocher au haut de sa course, il n'atteindra pas l'absolu (inaccessible par définition) mais il parviendra dans les diverses sciences à des résultats positifs, et en particulier dans la science politique (organisation du monde humain, de la société humaine, maîtrise de l'histoire humaine, et de l'antinomie individu-société).

*

Il faut remettre les choses à leur place. Le langage en particulier à la sienne — (obtention de certains résultats pratiques : passez-moi du sel, etc.).

184

L'individu tel que le considère Camus, celui qui a la nostalgie de l'*un*, qui exige une explication claire, sous menace de se suicider, c'est l'individu du XIXe ou du XXe siècle dans un monde socialement absurde.

C'est celui que vingt siècles de bourrage idéaliste et chrétien ont *énervé*.

*

L'homme nouveau n'aura *cure* (au sens du *souci* heideggerrien) du problème ontologique ou métaphysique, — qu'il le veuille ou non primordial encore chez Camus.

Il considérera comme définitivement admise l'absurdité du monde (ou plutôt du rapport homme-monde). Hamlet, oui ça va, on a compris. Il sera l'homme absurde de Camus, toujours debout sur le tranchant du problème, mais sa vie (intellectuelle) ne se passera pas à maintenir son équilibre sur ce tranchant comme l'homme-danseur de corde du XXe siècle. Il s'y maintiendra *aisément* et pourra s'occuper d'autre chose, sans déchoir.

*

Il n'aura pas d'*espoir* (Malraux), mais n'aura pas de *souci* (Heidegger). Pourquoi? Sans jeu de mots, parce qu'il aura trouvé son *régime* (régime d'un moteur) : celui où il ne *vibre plus*.

C'est surtout (peut-être) contre une tendance à l'idéologie patheuse, que j'ai inventé mon parti pris.

★

Pour mettre les choses au plus simple, voulez-vous que nous disions ceci :

1º Je suis (absurdement peut-être) tourmenté par un sentiment de « responsabilité civile »;

2º Je n'admets qu'on propose à l'homme que des objets de jouissance, d'exaltation, de réveil. (Qu'est-ce que la langue? lit-on dans Alcuin. — C'est le fouet de l'air.)

En conséquence : pas d'étalage du trouble de l'âme (à bas les pensées de Pascal). Pas d'étalage de pessimisme, *sinon dans de telles conditions d'ordre et de beauté que l'homme y trouve des raisons de s'exalter, de se féliciter.*

Pas de romans qui « finissent mal », de tragédies, etc., *sinon...* (voir ci-dessus).

Rien de désespérant. Rien qui flatte le masochisme humain.

Bourg, printemps 1943.

III

C'est bien là que nous en étions restés avec mon pasteur : où ma doctrine fait confiance à l'homme quand la sienne lui refuse à jamais toute confiance.

Et comprenez-moi : ce que je méprise, c'est cela.

Je ne sais pas comment je suis fait, mais il me semble que ceux qui forcent la créature à baisser la tête ne méritent de cette créature au moins que le mépris. Si faible soit-elle. Et d'autant plus qu'elle est plus faible.

Vous me dites que vous comprenez pourquoi je suis *(activiste)* [1]. Si je me comprends bien, ce n'est pourtant pas par goût de la brutalité, au contraire.

Mais parce que j'ai très intensément l'impression d'une « responsabilité civile », d'autant plus astreignante qu'on est plus conscient, éduqué, « intellectuel ».

Je ne peux me concevoir que prenant parti, et je crois que ne pas prendre parti, c'est encore en prendre

1. C'est-à-dire : *communiste,* mot interdit en *1943.*

un (le mauvais). Je choisis donc celui qui — sur le plan de l'expérience politique — me paraît le moins mauvais. C'est tout. Une sorte de radicalisme : oui, c'est bien cela.

... Monde nouveau? Voici pourquoi : je crois (encore ce ton messianique, ridicule vous avez raison) que l'homme sera mentalement changé du fait que sa condition sociale le sera. Mettons seulement, si vous voulez, son état psychique.

Fraternité et bonheur (ou plutôt joie virile) : voilà le seul ciel où j'aspire. Ici-haut.

Bourg, 1943.

Certainement, en un sens, *Le Parti Pris*, *Les Sapates*, *La Rage* ne sont que des exercices. Exercices de rééducation verbale. Cherchant un titre pour le livre que deviendra peut-être un jour *La Rage*, j'avais un instant envisagé ceux-ci : *Tractions de la langue* ou *La Respiration artificielle*.

Après une certaine crise que j'ai traversée, il me fallait (parce que je ne suis pas homme à me laisser abattre) retrouver la parole, fonder mon dictionnaire. J'ai choisi alors le parti pris des choses.

Mais je ne vais pas en rester là. Il y a autre chose, bien sûr, plus important à dire : je suis bien d'accord avec mes amis.

J'ai commencé déjà, à travers le Parti Pris lui-même, puis par la Lessiveuse, le Savon, enfin l'Homme. La lessiveuse, le savon, à vrai dire, ne sont encore que de la haute école : c'est l'Homme qui est le but (Homme enfin devenu centaure, à force de se chevaucher lui-même...)

1º Il faut parler; 2º il faut inciter les meilleurs à parler; 3º il faut susciter l'homme, l'inciter à être; 4º il faut inciter la société humaine à être de telle sorte que chaque homme soit.

Suscitation ou surrection? Résurrection. Insurrection. Il faut que l'homme, tout comme d'abord le poète, trouve sa loi, sa clef, son dieu en lui-même. Qu'il veuille l'exprimer mort et fort, envers et contre tout. C'est-à-dire s'exprimer. Son plus particulier (cf. le tronc d'arbre). L'homme social...

(Développement) : *Il faut parler* : le silence en ces matières est ce qu'il y a de plus dangereux au monde. On devient dupe de tout. On est définitivement fait, bonard. Il faut d'abord parler, et à ce moment peu importe, dire n'importe quoi. Comme un départ au pied dans le jeu de rugby : foncer à travers les paroles, malgré les paroles, les entraîner avec soi, les bousculant, les défigurant.

Puis, ne plus dire n'importe quoi. Mais dire (et *plutôt indirectement* dire) : « homme, il faut être. Société, il faut être (et d'abord « France, il faut être »). Et cependant faire attention que les paroles ne vous repoissent pas, qui vous attendent à chaque tournant. Il faut faire attention à elles. Pas trop d'illusion qu'on les domine. Un jeu d'abus réciproque, voilà pourquoi *indirectement dire.*

*

Certains poètes (voir les variantes de Baudelaire : exemple typique « qui *tords* paisiblement » substitué à « qui *dors* paisiblement ») n'ont qu'à moitié compris : ils ont compris combien les paroles sont redoutables, autonomes et (comme dit Valéry : « Il faut vouloir... et ne pas excessivement vouloir... ») ils les laissent faire, se bornant à donner le coup de pouce pour obtenir l'arrondissement de la sphère ou de la bulle de savon (sa perfection, et son détachement, son envol). Ils obtiennent ainsi un poème parfait, qui dit ce qu'il veut dire, ce qu'il a envie de dire, ce qu'il se trouve qu'il dit. Eux, ils s'en moquent. Ils n'ont ou du moins s'en vantent, rien de plus à dire.

C'est très bien ça.

Mais avec un peu d'héroïsme, de goût de la difficulté, du tour de force, on peut tenter au-delà encore. On peut malgré tout, parce qu'on y tient vraiment (et comment, homme vivant, n'y tiendrait-on pas?) tenter d'exprimer *quelque chose*, c'est-à-dire soi-même, sa propre volonté de vivre par exemple, de vivre tout entier, avec les sentiments nobles et purs de bon petit garçon ardent qui existent en vous. Et qui contiennent toute la morale, tout l'humanisme, tout le principe d'une société parfaite.

Voilà ce que je vais tenter avec l'*Homme*.

Fronville, 14 mars 1944

v

Je ne pense pas qu'il faille *chercher* sa pensée, plus que *forcer* son talent.

Il me paraît qu'il y a là quelque chose d'*indigne*, plus encore que de pénible ou de ridicule.

Or qu'est-ce que *penser*, sinon chercher sa pensée? A bas donc la *pensée!*

Rien n'est bon que ce qui vient tout seul. Il ne faut écrire qu'en dessous de sa puissance.

(Comme on voit je me porte aussitôt aux extrémités.)

*

Bien entendu le monde est absurde! Bien entendu, la non-signification du monde!

Mais qu'y a-t-il là de tragique?

J'ôterais volontiers à l'absurde son coefficient de tragique.

Par l'expression, la création de la Beauté Métaphysique (c'est-à-dire Métalogique).

Le suicide ontologique n'est le fait que de quelques jeunes bourgeois (d'ailleurs sympathiques).

Y opposer la naissance (ou résurrection), la *création métalogique* (la POÉSIE).

★

Si j'ai choisi de parler de la coccinelle c'est par dégoût des idées. Mais ce dégoût des idées? C'est parce qu'elles ne me viennent pas à bonheur, mais à malheur. Allez à la malheure, allez, âmes tragiques! C'est qu'elles me bousculent, m'injurient, me battent, me bafouent, comme une inondation torrentueuse.

Ce dégoût des idées? — « Ils sont trop verts », dit-il. (Non que je ne les atteigne pas, mais je ne domine pas leur cours.)

Eh bien! Par défi, écrirai-je donc un brouillon d'ouvrage de philosophie? Comme Edgar Poe *Euréka*, dont le plaisir était de parler d'Annabel Lee ou d'autres jeunes filles?

Non!

Si je préfère La Fontaine — la moindre fable — à Schopenhauer ou Hegel, je sais bien pourquoi.

Ça me paraît : 1º moins fatigant, plus plaisant; 2º plus propre, moins dégoûtant; 3º pas inférieur intellectuellement et supérieur esthétiquement.

Mais, à y bien voir, si je goûte Rameau ou La Fontaine, ne serait-ce pas *par contraste* avec Schopenhauer ou Hegel? Ne fallait-il point que je connusse les seconds pour goûter pleinement les premiers?

... Le chic serait donc de ne faire que de « petits écrits » ou « Sapates », mais tels qu'ils *tiennent*, satisfassent et en même temps reposent, lavent après lecture des grrrands métaphysicoliciens.

193

*

Il semblerait dans le même sens que je dusse préférer encore (à La Fontaine, Rameau, Chardin, etc.) un caillou, un brin d'herbe, etc.

Eh bien! oui et non! Et plutôt non! Pourquoi?

Par amour-propre humain. Par fierté humaine, prométhéenne.

J'aime mieux un objet, *fait de* l'homme (le poème, la création métalogique) qu'un objet sans mérite de la Nature.

Mais il faut qu'il soit seulement descriptif (je veux dire sans intrusion de la terminologie scientifique ou philosophique). Et descriptif si bien qu'il me reproduise l'objet par le compos des qualités extraites, etc.

Bourg, 1943.

Vous me demandez, dirai-je à C., de devenir philosophe.

Mais non, je n'en tiens pas pour la confusion des genres. Je suis artiste en prose (?)

Vous dirais-je — lui murmurerai-je insidieusement — que la philosophie me paraît ressortir à la littérature comme l'un de ses genres... Et que j'en préfère d'autres. Moins volumineux. Moins tomineux. Moins volumenplusieurstomineux...

Reste qu'il faut que je reste *in petto* philosophe, c'est-à-dire digne de plaire à mes professeurs de philosophie, quoique persuadé de l'absurdité de la philosophie et du monde, pour rester un bon littérateur, pour vous plaire... j'en conviens et j'y tâcherai.

*

Oui, le Parti Pris naît à l'extrémité d'une philosophie de la non-signification du monde (et de l'infidélité des moyens d'expression).

Mais en même temps il résout le tragique de cette situation. Il dénoue cette situation.

Ce qu'on ne peut dire de Lautréamont, ni de Rimbaud, ni du Mallarmé d'*Igitur*, ni de Valéry.

Il y a dans *Le Parti Pris* une déprise, une désaffection à l'égard du casse-tête métaphysique... *Par création* HEUREUSE *du métalogique.*

*

« Calmes blocs ici-bas chus d'un désastre obscur », peut-être mais ne le disant jamais. Disant seulement les *calmes* blocs, et leur *permanence.*

*

Ceci aussi : je suis persuadé qu'il faut écrire en dessous de sa puissance.

Ne pas chercher sa pensée en écrivant.

Penser d'abord sans doute... Écrire beaucoup plus tard ensuite.

Laisser rouler du haut de la montagne.

Et en somme, d'abord, moins encore *avoir pensé* qu'*avoir été.*

1943.

VII

« Elle décrit parce qu'elle échoue » (Lettre de C.).

— Échoue à quoi? — à expliquer le monde? Mais elle n'y tendait pas!

Toute tentative d'explication du monde tend à décourager l'homme, à l'incliner à la résignation. Mais aussi toute tentative de démonstration que le monde est inexplicable (ou absurde).

Je condamne donc *a priori* toute métaphysique (pardonnez le côté bouffon d'une telle déclaration). Le souci ontologique est un souci vicieux. Du même ordre que le sentiment religieux, etc.

Et (je condamne) plus encore tout jugement de valeur porté sur le Monde ou la Nature.

Dire que le Monde est absurde revient à dire qu'il est inconciliable à la raison humaine.

Cela ne doit amener aucun jugement ni sur la raison (impuissante) ni sur le monde (absurde).

Le Triomphe de la raison est justement de reconnaître qu'elle n'a pas à perdre son temps à de pareils exercices, *qu'elle doit s'appliquer au relatif.*

De quoi s'agit-il pour l'homme?

De vivre, de continuer à vivre, et de vivre heureux.

L'*une* des conditions est de se débarrasser du souci ontologique (une autre de se concevoir comme animal social, et de réaliser son bonheur ou son ordre social).

Il n'est pas tragique pour moi de ne pas pouvoir expliquer (ou comprendre) le Monde.

D'autant que mon pouvoir poétique (ou logique) doit m'ôter tout sentiment d'infériorité à son égard. Puisqu'il est en mon pouvoir — métalogiquement — de le *refaire*.

Ce qui seulement est tragique, c'est de constater que l'homme se rend malheureux à ce propos.

Et s'empêche par cela même de s'appliquer à son bonheur relatif (certains savent bien cela — et en usent...)

*

Vous me dites que je fais consentir au mutisme par une science prestigieuse du langage.

Peut-être au *mutisme quant* à un certain nombre de sujets...

Mais non au mutisme absolu. Car, bien au contraire, toute mon œuvre tend à prouver qu'il faut parler, *résolument*.

Quant à la métaphysique de la pierre (« indifférence » et « renoncement total ») ou à l'immobilité de la végétation... Oui, mais ce ne sont là que *qualités-parmi-d'autres*.

« L'objet, dites vous encore, est l'imagerie dernière du monde absurde »... Mais il ne figure pas seulement certains sentiments ou certaines attitudes. Il les figure toutes : un nombre immensément varié, une variété infinie de qualités et de sentiments possibles.

(« *De varietate rerum* » : G. me disait que j'aurais pu ainsi intituler mon livre mieux que *De natura* seulement.)

La « beauté » de la nature est dans son *imagination*, cette façon de pouvoir sortir l'homme de lui-même, du manège étroit, etc. *Dans son absurdité même*...

Le Freudisme, l'Écriture automatique, le Sadisme, etc. ont permis des découvertes.

Scruter les objets en permet bien d'autres.

« Nostalgie de l'Unité », dites-vous...

— Non : de la variété.

★

Enfin, sur le point de savoir si je dois exprimer cela philosophiquement.

Mais ma théorie même (?) me fournit la réponse.

Je n'ai pas de temps à perdre, de douleurs, de marasme, à prêter à l'ontologie... tandis que je n'ai pas assez de temps pour scruter les objets, les refaire, en tirer qualités et jouissances...

Une question : si vous aviez lu naïvement *Le Parti Pris*, sans me connaître *du tout*, pensez-vous que vous y auriez attaché de l'importance, ou même que vous l'auriez vraiment *lu ?*

Vous aurait-il accroché ? (P. m'écrivait récemment encore : « Aussi *pris* que la première fois. »)

Cela est essentiel pour moi.

Car si votre réponse est affirmative, alors plus aucun *devoir* pour moi de m'expliquer autrement...

(Or seulement un certain sentiment du devoir me pourrait faire passer outre aux ennuis et aux difficultés de cette *bonne-œuvre*.)

1er février 1943 dans le train.

Nous ferons une œuvre classique (le choix de parler
et d'écrire — et d'écrire selon les genres) mais *après
avoir dit pourquoi* (Boileau).

*

Pourquoi c'est seulement par la littérature littérante
qu'on peut choisir de vivre :

On pourrait, semble-t-il, choisir d'être un bon bourgeois, un bon artisan, maire de sa commune, etc., ou
roman-feuilletoniste comme Jules Mary ou marchand
de n'importe quoi comme son ami Rimbaud [1].

Mais non, car cela est *insignifiant*, peut prêter à
confusion : l'expérience l'a bien montré.

Seule la littérature (et seule dans la littérature celle
de description — par opposition à celle d'explication — :
parti pris des choses, dictionnaire phénoménologique,
cosmogonie) permet de jouer le grand jeu : de refaire le

---

[1] Rimbaud : j'estime que tout ce que dit C. de mon
échec signifié par ma maîtrise est vrai *d'abord*, ou vrai *plutôt*
de Rimbaud.

monde, à tous les sens du mot *refaire*, grâce au caractère à la fois concret et abstrait, intérieur et extérieur du VERBE, grâce à son épaisseur sémantique.

Ici Camus et moi nous rejoignons Paulhan.

*

Différence entre expression et connaissance (voir texte de moi à ce sujet dans *Le Carnet du Bois de Pins, in fine*), — et texte de C. dans sa lettre à moi au sujet du *Parti Pris*).

A la vérité, expression est plus que connaissance; écrire est plus que connaître; au moins plus que connaître analytiquement : c'est *refaire*.

*

C'est, sinon reproduire la chose : du moins produire *quelque chose*, un objet de plaisir pour l'homme.

*

Je choisis avec calme l'ordre, mais l'ordre nouveau, l'*ordre futur*, actuellement persécuté... et qui supporte cette persécution avec la plus magnifique *froideur*.

*

Quand je vous disais qu'il s'agissait pour nous de sauver *du suicide* quelques jeunes hommes, je n'étais pas complet : il s'agit aussi de les sauver de la *résignation* (et les peuples de l'inertie).

Notre devise doit être :
« Être ou ne pas être? » — « ÊTRE RÉSOLUMENT ».

*

Mon titre (peut-être) : *La Résolution humaine*, ou *Humain, résolument humain* ou *Homme, résolument.*

février 1943.

L... est venu l'autre jour. Je lui ai montré les *Proêmes* (premier livre). Ce que j'en ai dit de mieux c'est, à la fin, qu'il y aurait honte pour moi à publier cela.

Ce sont vraiment mes *époques*, au sens de menstrues (cela, je ne l'ai pas dit). En quoi les menstrues sont-elles considérées comme honteuses : parce qu'elles prouvent que l'on n'est pas enceint (de quelque œuvre).

Oui, mais, en même temps, elles prouvent que l'on est encore capable d'être enceint. De produire, d'engendrer.

Quand je ne serai plus capable de ces saignées critiques, plus astreint à ces hémorragies périodiques, il est à craindre que cela signifie que je ne suis plus capable non plus d'aucune œuvre poétique...

Réfléchir à ceci et se renseigner pourquoi la femme (comment l'explique-t-on?) est (l'est-elle?) le seul mammifère femelle soumis à ces « règles ».

Le défaut de ce genre d'écrits, c'est que je m'y montre trop sérieux, trop shinssèhre... Cela diminue la grandeur de mon personnage. Ma seule expression sincère, valable, à propos du monde autour de nous et en nous, est celle-ci : « nous sommes trop loin de compte... »

Alors je décris, par rage froide, parce qu'il faut bien faire quelque chose, prendre quelque pose, sous peine de mort ou de folie immédiates (ou à brève échéance).

Or, il se trouve que j'y ai trouvé des ressources — et des ressources de joie. — A tel point que j'ai failli m'y prendre !

*

Autre chose. Nous avons parlé de partiprisme. Et alors L... (comme, pas tout à fait comme, T... jadis) m'a demandé si ça ne me gênait pas de pouvoir ainsi décrire à perpétuité, à jet continu. Et il a semblé souhaiter que je rencontre une modification de ma manière (vers l'épique, car il y a tendance et le considère en conséquence comme au sommet de la prétendue hiérarchie des genres... (mais moi je préfère, et de beaucoup, une fable de La Fontaine à n'importe quelle épopée). A semblé souhaiter que j'aboutisse dans mon travail de *L'Homme* (je lui ai parlé aussi de *La Femme et Odette*).

A ce propos, je peux dire que cela m'agace un peu, cette façon de me lancer l'homme dans les jambes, et j'ai envie d'expliquer pourquoi l'*homme* est en réalité le contraire de mon sujet.

En gros, voici : si j'ai un dessein caché, second, ce n'est évidemment pas de décrire la coccinelle ou le poireau ou l'édredon. Mais c'est surtout de ne pas décrire l'homme.

Parce que :

1° *l'on* nous en rebat un peu trop les oreilles ;

2° etc. (la même chose à l'infini).

Fronville, 1943.

L'expression est pour moi la seule ressource. La rage froide de l'expression.

*

C'est aussi pour vous mettre le nez dans votre caca, que je décris un million d'autres choses possibles et imaginables.

Pourquoi pas la serviette-éponge, la pomme de terre, la lessiveuse, l'anthracite?
... Sur tous les tons possibles.

Dans ce monde avec lequel je n'ai rien de commun, où je ne peux rien désirer (nous sommes trop loin de compte), pourquoi ne commencerais-je pas, arbitrai-rement... etc.

Ah! vous êtes lion, superbe et généreux! Eh bien! mon ami, je vais vous montrer tout ce qu'on peut être d'autre, aussi légitimement...

La ridiculisation de l'expression... La poésie, la morale
ridiculisées...

Exemples de tout ce qu'on peut mettre au monde
en poésie, en morale, si l'on y tient.

1943.

III

NOTES PREMIÈRES DE « L'HOMME »

L'homme religieux de son propre pouvoir...

*

L'*homme physiquement* ne changera sans doute pas
beaucoup (si l'on peut concevoir pourtant certaines
modifications de détail : une plus complète atrophie
des orteils par exemple, une disparition presque totale
du système pileux). Nous pouvons donc le décrire. De
là nous passerons à autre chose.

*

Ce ne serait dire que trop peu de l'homme que décrire
seulement son corps. Car la caractéristique de l'homme,
quelles que soient les particularités de son corps (nous
en parlerons brièvement tout à l'heure), est d'être déterminé — ou dominé — par tout autre chose que les
nécessités de la bonne santé ou de la perpétuation de ce
corps.

*

Du visage. Qu'est-ce que le visage de l'homme ou des animaux? C'est la partie antérieure de la tête. Où sont réunis les organes des sens principaux, avec l'orifice buccal. C'est là que se lisent les sentiments. De là que s'extériorisent la plupart des expressions.

Un corps animal sans visage ne se conçoit pas beaucoup mieux qu'un corps animal sans tête.

C'est, dit-on, la fenêtre de l'âme (les yeux). Les yeux pourtant ne sont pas des fenêtres. Mais des sortes de périscopes. Par eux la lumière n'entre pas dans le corps.

*

L'*on* ne peut s'approcher de l'homme, l'esprit de l'homme ne peut s'approcher de l'idée de l'homme, qu'avec respect et colère à la fois. L'homme est un dieu qui se méconnaît.

*

Insouciance. L'homme ignore à peu près tout de son corps, n'a jamais vu ses propres entrailles; il aperçoit rarement son sang. S'il le voit, il s'en inquiète. Il n'est autorisé par la nature à connaître que la périphérie de son corps. Qu'ai-je là-dessous? se dit-il en regardant sa peau. Il ne peut que l'inférer en se rapportant aux livres et figures, à son imagination, à sa mémoire. Il ne suppose rien de lui-même que d'après ses observations sur ses semblables. Mais son propre corps, jamais il ne le connaîtra. Rien ne lui demeure plus étranger.

Sa curiosité en ces matières est punie de graves souffrances.

Reconnaissons d'ailleurs qu'il n'en a cure. Rien n'est

plus flagrant (ni plus étonnant) que la faculté de l'homme de vivre tranquillement en plein mystère, en pure ignorance de ce qui le touche au plus près, ou le plus gravement.

*

Reconnaissons-le : l'homme s'en moque. Il semble avoir constamment autre chose à faire qu'à s'occuper de son propre corps.

L'homme n'a aucune curiosité, ni aucun amour de son corps, de ses parties. Au contraire il montre une assez étrange indifférence à leur égard.

*

L'homme tient mieux debout que le plus anthropoïde des singes. Il a fini de se redresser.

L'on ne peut assurer pourtant qu'il ait tout à fait achevé son évolution physique. Certains indices au contraire, semblent prouver, etc.

(Je ne le prends pas d'assez haut.)

*

Il faut remettre l'homme à sa place dans la nature : elle est assez honorable. Il faut replacer l'homme à son rang dans la nature : il est assez haut.

*

L'homme juge la nature absurde, ou mystérieuse, ou marâtre. Bon. Mais la nature n'existe que par l'homme.

Qu'il ne s'en rende donc pas malade.

Qu'il se félicite plutôt : il dispose de moyens pour :

1º s'y tenir en équilibre : l'instinct (semblable à celui de ces magots à cul de plomb qui se redressent toujours), la science, la morale (c'est-à-dire l'art de la santé physique et mentale);

2º l'exprimer, la réfléchir, se défaire de tout complexe d'infériorité à son égard : la littérature, les arts.

*

L'homme est jusqu'à présent un animal social pas beaucoup plus policé que les autres (abeilles, fourmis, termites, etc.). Plutôt moins. Pourtant il semble à certains indices, etc.

Il a sorti de lui-même l'idée de Dieu. Il faut qu'il la réintègre en lui-même.

*

« Je suis venu au monde avec ce corps, pense l'homme : je ne peux pas dire qu'il m'encombre, il m'est bien utile. Non, il ne m'encombre pas exagérément, il m'incombe au minimum. Mais vraiment je n'éprouve pour lui aucun sentiment d'attachement ou de fidélité, voire de curiosité. Tel est-il? — Bon! Ainsi soit-il! Je ne m'en occuperai pas davantage. Allons notre chemin. »

Il n'en veut à son corps que lorsqu'il l'oblige à perdre son temps avec lui.

Curieuse insouciance...

D'une façon générale, l'insouciance de l'homme n'a pas fini de nous étonner.

Disons qu'elle est au moins *remarquable* (sinon

admirable); certainement un trait caractéristique de l'homme.

L'homme *est* intrépidité et progrès. Il va de l'avant avec gaieté, enthousiasme, courage. Il a le sentiment d'avoir essentiellement quelque chose à découvrir. Il procède à peu près comme ces insectes qui battent incessamment des antennes, aveugles qu'ils sont au milieu d'un mystère géographique total.

Ainsi l'homme est-il curieux plutôt de son entourage que de lui-même. Du monde, de ses accidents, de ses ressources. Il tend à s'y promener à toutes les allures possibles (et à l'aise) — à le détruire — à le recomposer.

★

Traitant de l'homme, le jeu consiste non à découvrir à propos de lui des vérités nouvelles ou inédites : c'est un sujet qui a été fouillé jusque dans ses recoins (?). Mais à le prendre de haut et sous plusieurs éclairages, de tous les points de vue concevables. A en dresser enfin une statue solide : sobre et simple.

La difficulté consiste dans le recul à prendre. Il faut s'en détacher, gagner assez de recul et pas trop.

Ce qui n'est déjà pas facile. Il vous attire (il attire l'auteur, la parole, le porte-plume) comme un aimant. Il vous recolle à lui, il vous absorbe comme un corps tend toujours à absorber son ombre. L'ombre d'ailleurs ne parvient jamais à se détacher du corps, ni à donner de lui une représentation qui ne le déforme aucunement...

*

Le caillou, le cageot, l'orange : voilà des sujets *faciles*. C'est pourquoi ils m'ont tenté sans doute. Personne n'en avait jamais rien dit. Il suffisait d'en dire la moindre chose. Il suffisait d'y penser : pas plus difficile que cela.

Mais l'homme, me réclame-t-on...

L'homme a fait — à plusieurs titres — le sujet de millions de bibliothèques.

Pour la même raison que personne n'a jamais parlé du caillou, personne qui n'ait parlé de l'homme. On n'a parlé de rien, sinon de lui.

Pourtant l'on n'a jamais tenté, — à ma connaissance — en littérature un sobre portrait de l'homme. Simple et complet. Voilà ce qui me tente. Il faudra dire tout en un petit volume... Allons! A nous deux!

*

L'homme est un sujet qu'il n'est pas facile de disposer, de faire sauter dans sa main. Il n'est pas facile de tourner autour de lui, de prendre le recul nécessaire. Le difficile est dans ce recul à prendre, et dans l'accommodation du regard, la mise au point.

Pas facile à prendre sous l'*objectif*.

*

Comment s'y prendrait un arbre qui voudrait exprimer la nature des arbres? Il ferait des feuilles, et cela ne nous renseignerait pas beaucoup.

Ne nous sommes-nous pas mis un peu dans le même cas?

214

*

L'*homme* (comme espèce) se maintient par des vibra-
tions continues, par une multiplication incessante des
individus. Voilà peut-être l'explication de la multiplication des individus de même type dans l'espèce : l'espèce maintient son *idée* à la faveur de cette multiplication, elle s'en rassure...

*

La notion de l'homme est proche de la notion d'équilibre.

Une sorte de ludion.

Fantastiquement hasardeux, insouciant.

(Cf. le somnambule qui ne tombe pas du toit — le
dieu qui évite aux ivrognes... — l'instinct qui fait que
l'homme ne choisit pas de traverser les ponts plutôt
dans le sens de la largeur, etc.)

Entre deux infinis, et des milliards de possibles, un
ludion...

*

L'homme et son appétit d'absolu — sa nostalgie
d'absolu (Camus) : Oui, c'est une caractéristique de sa
nature. Mais l'autre, moins remarquée, est sa faculté
de vivre dans le relatif, dans l'absurde (mais cela n'est
jugé absurde que par volonté).

Le pouvoir du sommeil : récupération, — la distrac-
tion, la *récréation*.

Il faut que je relise Pascal (pour le démolir).

Qu'est-ce que cet appétit d'absolu? Un reliquat de

l'esprit religieux. Une projection. Une extériorisation vicieuse.

Il faut réintégrer l'idée de Dieu à l'idée de l'homme. Et simplement vivre.

*

Une certaine vibration de la nature s'appelle l'homme.

*

Vibration : les intermittences du cœur, celles de la mort et de la vie, de la veille et du sommeil, de l'hérédité et de la personnalité (originalité).

*

Mouvements browniens.

*

Une des décisions de la nature, ou des résultats (une des coagulations fréquentes) de la nature est l'homme. Une des ses réalisations (la nature s'y réalise).

Influx de vie dans les proportions choisies. Symétrie du corps de l'homme. Complexité intime. Mais la nature se réalise entièrement sans doute dans chacune des coagulations qu'elle réussit.

*

— « Non, l'homme décidément m'est beaucoup trop imposant pour que j'en puisse parler! Il y a trop de choses à en dire, et ce sujet m'impose trop de respect. C'est un sujet trop touchant et trop vaste. Il me décourage... »

*

Pour prendre des notes sur l'homme, j'ai choisi d'instinct un cahier assez extraordinairement plus haut que large : on voit assez pourquoi.

*

C'est à un homme simple que nous tendrons. Blanc et simple. Nouveau classicisme.

A partir du plus profond et du plus noir (où les précédents siècles nous ont engagés).

A sortir des brumes et des fumées religieuses et métaphysiques, — des désespoirs...

*

Puisque c'est un sujet si difficile, nous n'en dirons qu'*une chose* : cette faculté d'équilibre, ce *pouvoir vivre* entre deux infinis, et ce qui résulte moralement de la prise de conscience, du dégagement de cette qualité.

*

Rabaissant les yeux depuis le ciel étoilé jusqu'à moi, jusqu'à l'homme, je suis frappé de l'opiniâtreté que je montre à vivre.

Me concevoir un si petit rôle et vouloir le remplir !

Mais, surtout, comment puis-je perdre la conscience

du côté mesquin de ce petit rôle? Par quelle heureuse inconscience le joué-je sérieusement?

C'est qu'il faut bien vivre.

Et que tout n'est qu'une question de niveau, ou d'échelle.

*

Cet homme sobre et simple, qui veut vivre selon sa loi, son équilibre heureux, sa densité propre de ludion — il se forge dans la tuerie actuelle (ou plutôt c'est sa dernière épreuve, son dernier feu de forge après des siècles d'une longue ferronnerie).

Il s'y forge comme il se forge aussi dans l'esprit de quelques hommes, dont moi qui m'occupe *à la fois* de sa rédemption sociale et de la rédemption des choses dans son esprit.

*

Le Parti Pris des choses, Les Sapates sont de la littérature-type de l'après-révolution.

*

L'*Homme* est à venir. L'homme est l'avenir de l'homme.

*

« *Ecce homines* » (pourra-t-on dire plus tard...) ou plutôt non : *ecce* ne voudra jamais rien dire de juste, ne sera *jamais* le mot juste.

Non pas *vois (ci)* l'homme, mais *veuille* l'homme.

1943-1944.

IV

LE TRONC D'ARBRE

LE TRONC D'ARBRE

Puisque bientôt l'hiver va nous mettre en valeur
Montrons-nous préparés aux offices du bois

Grelots par moins que rien émus à la folie
Effusions à nos dépens cessez ô feuilles
Dont un change d'humeur nous couvre ou nous
                                             [dépouille
Avec peine par nous sans cesse imaginées
Vous n'êtes déjà plus qu'avec peine croyables

Détache-toi de moi ma trop sincère écorce
Va rejoindre à mes pieds celles des autres siècles

De visages passés masques passés public
Contre moi de ton sort demeurés pour témoins
Tous ont eu comme toi la paume un instant vive
Que par terre et par eau nous voyons déconfits
Bien que de mes vertus je te croie la plus proche
Décède aux lieux communs tu es faite pour eux
Meurs exprès De ton fait déboute le malheur
Démasque volontiers ton volontaire auteur...

Ainsi s'efforce un arbre encore sous l'écorce
A montrer vif ce tronc que parfera la mort.

TABLE

DOUZE PETITS ÉCRITS

LE PARTI PRIS DES CHOSES

PROÊMES

Ce volume,
le seizième de la collection Poésie,
a été achevé d'imprimer
par l'imprimerie Bussière à Saint-Amand (Cher),
le 2 octobre 1987.
Dépôt légal : octobre 1987.
1ᵉʳ dépôt légal dans la collection : février 1967.
Numéro d'imprimeur . 2454.
ISBN 2-07-030223-7./Imprimé en France.

41882